你想在凌晨三點
聽見誰的晚安

3am.talk 著

第四夜 5am———晚安

第五夜 7am———出發

人生不如意事，十之八九

這句話沒多少人記得是出自誰的詩詞，但當中的低落情緒哪怕中間已經隔著幾百年的歷史，卻依然讓人感同身受。現代社會也一樣，我們除了知道悲傷是一種刻骨銘心的悲痛之外，其實我們對這種感覺背後的真相一無所知。這個世界對我們也滿苛刻的，問題與挑戰接踵而來的同時，又逼著我們長大，我們來不及成為自己兒時仰慕的那位蝙蝠俠，就已經要被迫面對小丑這個命中注定的死對頭。

後來，我們學會了什麼是「難過」。

每年生日我都會許著跟以往一樣的願望：世界和平、想幸福、想成功。關於世界和平這件事，雖然明知不太可能，但這個世界的善良早已所剩無幾，所以就算無能為力，還是希望可以盡一份力。但沒過多久就發現，我們有心無力的事情又何止是單單一個世界和平的願望呢？

後來，我們又體會到了什麼叫「無奈」。

如果世界和平太難實現，那不如試著幸福吧！試著相愛的我們，最後都愛到互相傷害、背道而馳的時候，又拒絕帶走那些無人認領的心碎。曾經最了解你的我後來只能從別人口中打聽你的近況，關於未來的那些嚮往只有留下的那位記得。總有幾首情歌會讓人想起過去一些溫馨的畫面，回過神之後，忍住不要流淚的你只能苦笑，他都走這麼久了，你還沒有適應身旁始終空無一人的生活。

曾經共有過去叫「愛」，後來各有未來叫「愛過」。

道理我們都懂，還是無法自救。愛著活著，都太難、太累了。

可能是我粗心大意吧，做為一個心理系的學生，我在入學通知書上從來沒看到任何關於「此專業要求個人意志力最好是堅定並強大」的須知。就像命運從來不給我們足夠的時間做好心理準備一樣，面對排山倒海的負面情緒，沒快樂到哪裡去的同時，也不知道該從何入手去承受這些波濤洶湧的打擊。

很多人聽到「心理學」這三個字的第一個反應就是問：「你會讀心術嗎？」「你知道我現在心裡在想什麼嗎？」之類一些我只能苦笑搖頭的問題。

大部分理科生都知道，世界上多的是讓人無解的問題。就算科學可以很仔細地告訴我們每一個情緒形成的過程，卻沒有一套模範理論可以告訴我們，怎麼活好這一生。大學的報告跟現實生活就好比一個詩人和一個情聖同時站在你面前，用不同的方式，告訴我們同一件事情：真相有時候比想像中簡單，我們通常都比自己認知中還要來得複雜。

生命原來只能體會而無法解釋，但我們也可以試著努力去了解它。所以就算人生不如意事還有八九，請相信一定有人願意在每個凌晨三點陪你走過那些最難熬的日子。

凌晨比任何時候都寂靜，所以一句晚安反而更顯溫柔。

這本書，獻給你心裡每一份無人知曉的難過。

願安好。

在嗎？

不在也沒關係。

第一夜
11pm——忙碌

學業、工作、家庭、感情、和自我，到底要怎麼兼顧？
＃疲憊＃狂歡＃嚮往的生活＃期望可以學著承受悲傷

**3am.talk**
best place

11:06
Tuesday, 11 June

MESSAGE   now

3am.talk
在生活中進退兩難的你 無從可去

♥ 2,014 likes

＃釋懷 ＃定位 ＃地圖 ＃進退兩難

1.
在生活中進退兩難的你，
無從可去

是不是所有事情都會有個起點，然後我們才可以安心地說有了開始就會有終點了呢？但生活似乎是在不知不覺中漸漸忙起來的，一點一點地累加，一天一天地忙不過來。

不知從何而來的壓力，這樣的話，我們期待已久的釋懷又是否遙遙無期？

打開手機裡的 Google Maps，首先顯示的是自己的定位，然後我們會輸入目的地，尋找一條最快捷的路線。

這麼簡單的操作，你我最終還是在這個時代裡迷失了自己。

因爲生活不是 Google Maps。

大多數的時候我們只知道自己想去的地方，就算一步一步從終點倒退，一路上卻始終找不到自己的方位，最後系統顯示著定位失敗的提示。

沒有起點，終點更顯得遙不可及。

從很小的年紀開始，我們就習慣了萬能的搜尋引擎，在手機裡隨便輸入一個目的地，Google Maps 都能用最短的時間，給你最準確的方位。

可是我們都沒察覺，那是別人眼中的世界，度量單位用的是別人心中的尺，甚至你俯瞰的版面角度也是別人的視角。

仔細想想，其實你從來都沒有一份屬於自己的地圖。

你心中有一幅畫描繪著嚮往的生活，你知道它長什麼樣子，卻不知道它藏在世界的哪個角落、躲在時光的哪一個章節裡。

可能我們迷失的時候都曾經歷過同一個情景。

沒有指南針，沒有路線方案，沒有援助。明知世界很大，你很想去看看，但一路上你卻沒有找到屬於自己的容身之所。

他們說一個人的身與心總要有一個在路上，可是你越走越累、每次的喜出望外最後都變成了萬分失望。

你的地圖一片空白，你眼睛裡的光也逐漸變得渾濁昏暗。

原來大人的世界都沒有方向可言，我們走著走著，只求能找到一個地方，安放心中的自負，然後假裝不痛不癢、自由奔放地活著。

然後我才恍然大悟，原來地圖不是拿來給我們指引未來的路，而是讓我

們知道，來時的路，其實一直都在。

晚上 11：06 了，
你在地圖上找不到任何熟悉的痕跡，
才發現早已把最初的自己弄丟了。

3am.talk
best place

11:14

Tuesday, 11 June

MESSAGE   now

3am.talk
你站在我身邊 我們卻依然孤獨

♥ **2,014 likes**

#平凡 #偽裝 #孤僻 #保護色

2.
你站在我身邊，
我們卻依然孤獨

我站在你的左邊，你也沒有從我的右邊缺席，為何這不算陪伴？為何我們都沒有像預期般地向對方靠近？

明明人類都是群體動物，為什麼我們越進化越覺得孤立無援？不知道從什麼時候開始，我們學會了用言語去傷害別人，而情緒與思想也隨著成長變得複雜。當我們越接近世界真實的樣貌，就越發現無能為力的事情實在太多。

太多事情我們無從選擇，久而久之，「平凡」變成了我們最好的偽裝，「隨波逐流」成為了最安全穩妥的選項。

人類本是群體動物，人與人間互相依賴是一種天性，但在這幾百年的進化裡，我們卻開始演變出了一種孤僻的基因。你也不想這樣，但你實在無能為力、無可救藥。

白天的時候，我們肆無忌憚地踩在別人的影子上。人們都假裝若無其事，甚至早已忘了影子本身就是承載著我們所有孤單心事的載體。

誰都可以踩在誰最柔弱的言不由衷，畢竟影子在陽光底下有溫暖的庇

護，所以不至於觸動哪條痛覺神經。白天的你也算是一個溫柔的人，但在殘酷的社會裡，溫柔是我們能擁有最安全、最嚮往的保護色。

能溫柔地活著是人間最幸福的事。

不是因為會被誰無條件地愛著，而是因為就算我們失去了什麼在乎的人與事時，命運都特別眷顧溫柔的人，不至於讓他們承受太多的不幸、太久的痛苦。

你跟我什麼時候才可進化成為更好的我們，既能學會獨自生活又不會感到孤立無援。

我們寧願對著舞池裡的陌生人釋放嫵媚，面對著眼前最熟悉、最親密的人時卻無話可說。我看著你，心裡有話想說、有淚想流，但你一點都不懂。我們都懂得假裝若無其事，別人問起時都笑著說「沒關係」「我沒事」。然後最讓你失望的是，他們都信以為真。

人們都願意相信我們逞強撐出來的笑容，卻沒有人願意問候我們那些心酸背後的眼淚。

那些想說的話，你在鍵盤上敲了半天，刪了一半又繼續敲著。你想讓人注意你的悲傷，卻不想被他們嘲笑自己的懦弱。我們想被擁抱，但更怕沒有人願意向我們張開雙手。

到了最後，我抱住了自己。

抱住了自己的我，再也無法擁抱別人。

晚上 11：14，
一個人擁抱，
就不怕有誰會突然鬆開我的手。

3am.talk
best place

11:17
Tuesday, 11 June

 MESSAGE   now

3am.talk
我怕我付出一切 最後一無所有

♥ **2,014 likes**
#付出 #幻想 #白費 #一無所有

3.
我怕我付出一切，
最後一無所有

你的努力沒有得到讚許，被所有人視爲必然，你的付出沒完沒了。

天還沒亮你就已經準備爲了生活而奮鬥，桌上有看不完的計畫書，一點頭緒都沒有的論文，一堆應付不完的瑣碎事。我們太忙，連飯都可以隨便吃兩口就說飽，朋友之間寒暄兩句就要繼續埋頭苦幹。日復一日的生活就是這樣，永遠都有一個太艱難的開始，而結束卻似乎遙遙無期。

我們忙碌一生，到底是爲了什麼？

或許我心裡還是會悄悄地藏著理想，想用自己的能力、用自己的方式改變這個世界。

可是多少人的理想變成了夢想，久而久之又變成了荒廢的幻想？

我們爲了生存，爲了對得住那些期望，不知不覺放棄了太多。

看著別人還在努力，我們沒有誰敢放鬆下來。因爲社會風氣瞧不起那些停下來休息的人，一句「別人可以，爲什麼你不行？」就可以輕易秒殺並摧毀我們所有的付出。如果可以，誰願意做一個一事無成的廢人？可

是我早上起來，卻連鏡子裡的自己都無法直視超過三秒。

「對不起，我一直都委屈了你。」一想到這裡，我的眼眶不禁紅了，因為除了對不起之外，我沒有其他能對自己懺悔的辦法了。付出永遠是一種賭博，拿今天賭以後每一個明天，我們怕過去所有的努力，換來的只有「白費」二字。

我們更怕這一切被推翻之後要重新開始，無從著手也不知去向。

我們害怕的其實也不是付出，而是明天醒來會不會就是世界末日的未知。我們都想一切跟著安排好的軌道前行，殊不知原來「未知」才是人生的意義所在。即使所有事情都不在預期之內，統統都失控也罷，但你有沒有覺得，能這樣赤手空拳地跟生活搏鬥的我們，其實比誰都還勇敢。

即使勇敢的代價很大，但生活確切地告訴我們，「勇氣」是需要練習的。沒有人天生有不顧一切往前衝的奮勇，只是有些人更懂得說服自己，站起來繼續走。勇氣不是我們往前走的動力，而是我們要有忘記一些事情的決心。

只要你不回頭，那你朝著什麼方向都沒有錯。你的悲傷很合理，因為誰不害怕到頭來一無所有？只要你咬著牙撐過去了，那些你放棄過的東西，都會用別的名字回來找你。

晚上 11：17，

做人好難，

但我們能盡量勇敢就已經對得起自己了。

3am.talk
best place

11:23
Tuesday, 11 June

MESSAGE   now
3am.talk
再精彩的劇本 是不是都躲不過散場的唏噓

♥**2,014 likes**
#劇本 #散場 #唏噓 #安全感

4.
再精彩的劇本，
是不是都躲不過散場的唏噓

你長長地舒了口氣，這一天漫長的奔波終於結束。就像林宥嘉在〈說謊〉裡唱的那句「人生已經如此的艱難」，沒有誰的生活是容易的，儘管你也有點累，你還是沒有把生活裡沒完沒了的考驗放在心上，畢竟所謂歷練，咬著牙熬過去就沒事了。

你是一個獨立的人，但這僅限於當你必須一個人自己扛起生活的時候。當你的生活開始有別人的參與、你的情緒被別人牽動、你的空間需要跟自己以外的人共享時，你就會開始方寸大亂。即使你是一個好人，甚至是一個成熟的人，也不代表你是一個好的情人。

你的獨立不是因為你不需要被呵護，而是你根本不懂得如何去相信別人。你也需要安全感，但你怕難得對誰打開了心房之後，他最後又會離你而去。你不懂得去愛，也不懂得被愛。其實獨立的人都不怕生活艱難，暗地裡卻都怕情人不愛。

後來你也找到了一個人陪伴在你左右，你們在各自忙完一天之後，相約在餐廳裡吃飯，逛街、聊聊天。你記得他一直想看最新上映的電影，然後你們一手拿著可樂，一手抱著爆米花，開始了今夜最後一場電影。燈光漸漸變暗，你忍不住側頭看著那個終於能讓你深愛的人。

你們在一起的時間說長不長，他也不是一個特別耀眼的人，他只是能一眼看穿你的保護色。你深知，這樣的人在世界上真的為數不多。你們在一起的時間沒有很長，你卻早已習慣了他在你的身邊，他對你很好，甚至比誰都好。

但他也不是每分每秒都能讓你百分百地放心，即使你也知道那完全不是他的錯。

尤其當你在黑暗中用餘光凝望著他的側臉時，卻發現他寧願一邊咬手指，一邊滑手機，再也沒有像從前那樣，每次看電影都主動抱著你。你低著頭，沉默了很久。你希望他能察覺空氣中很微妙的變化，但一場電影裡，本來大家都是寂靜無聲的。你心裡明白他不是不愛你，可是你也不由自主地想到當初的激情與溫柔，正在隨著時間，一點一點地在褪色。

晚場電影最終還是躲不過散場的唏噓，從電影院後門出來，看著寂靜無人的街道，讓人覺得格外地失落。真羨慕電影的結局總是圓滿收場，不像我們，就算夜色已深，卻依然要互相道別，回到一個人的生活。

他送你上了回家的車，朝著你揮揮手，用嘴型說了句「拜拜」，你很想隨便找個理由下車，只為了跟他多在一起幾分鐘，但你又不想讓他看見你任性又沒安全感的一面。我們知道要珍惜美好的東西，但我們為什麼最後只落得害怕失去的下場？大概也因為我們從頭到尾都不知道該怎麼去珍惜手裡這份珍貴。

如果我說愛情跟所有美好一樣，只能享受而無法擁有。

這樣的話你會不會愛得快樂一點？

晚上 11：23，
享受當中的快樂與悲傷，
無法擁有的東西同樣無人能奪。

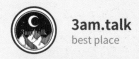

3am.talk
best place

11:26

Tuesday, 11 June

MESSAGE   now

3am.talk
懷念的懷也是釋懷的懷

❤ **2,014 likes**

#懷念 #道別 #祕密 #時間不是藥

5.
懷念的懷也是
釋懷的懷

雖然也曾愛得要死要活，但我們必須承認，有些感情在本質上，真的就是一段不怎麼樣的戀愛。可能你了解了一兩個真相，但你確實也損失了太多太多。

現在夜還不算深，即使以前和他的生活再美滿，你也知道有些東西結束了之後，就沒有重新開始這種說法了。你為這樣理性的想法感到自豪的同時也倍感哀傷。告別了過去之後，隨著時間的流逝，這段回憶就好像是租回來的電影，特別讓人多愁善感，卻又好像跟自己一點關係都沒有。明明是屬於自己的回憶，卻又如此遙遠跟陌生。

被愛賦予我們自信，所以愛著你的我曾經以為只要一天有你在，我們都可以一起駕馭往後的生活。直到後來我放你走的時候，你才幽幽地告訴我：「原來『自由』與『愛』其實缺一不可。」

當時我不懂，在我眼裡你就是在為你的不愛找藉口。你沒有盡你所能的去愛我、理解、遷就我。你愛我沒有我愛你多，在離開的時候，你自然就是公認的負心漢，而我就是可憐巴巴的受害者。

我帶著這樣的悲哀，活了好久好久。

在你離開好幾百天之後，我再回想當初你離開的、留下的那些不解之謎，此時此刻的我卻不再需要來自於你的答案。

「放手」不是一件船到橋頭自然直的事情。你若沉迷在過去，那你的時間只會比別人的時間流逝得更快。所以別再問「爲什麼他會走？」別再問「怎麼樣放下一個人？」

因爲這件事沒有教學也沒有方法，光靠著模仿是永遠無法得到眞正的重新開始。

所以從分手到各生安好的中間唯一程序就是把手張開，讓他走，讓時間流逝，讓生活繼續前行。

時間不是藥。

藥，藏在時間裡。

我們常常以爲如果一段感情沒有開花結果的話，那「釋懷」就是一種最後的道別，是悼念三秒之後轉身離開的那個瞬間。或許要等你眞正能放手的時候才能體會到，筆畫複雜的「釋懷」指的不是你無可奈何被迫接受現實的一刹那，因爲它會體現於你轉身離開之後的生活。

我愛過你，一點都不後悔。可是現在認眞地回想，其實也稱不上值得。這段感情讓我成長了不少，但說實話，你帶給我的傷害是我獨自熬過來的。現在細想，當時大部分的快樂來自於自己的付出，而我從你那裡得

到的幸福，其實眞的寥寥無幾。

如果未來我們在轉角的街口遇上，而我的心還是忍不住顫抖了一下的話，請你一定要相信我不是對你念念不忘，那一秒的對望只是出於詫異，原來平行時空重疊是這樣的感覺。你過著跟我不一樣的生活，即使我們曾經是彼此的唯一，即使我們曾經多麼努力地想要朝著對方的方向飛奔而去，我們相遇、相識又相愛了一段日子，最後還是逃不過擦肩而過的結局。

那一秒心跳停頓了，才明白原來懷念的「懷」也是釋懷的「懷」。

我想起了你，卻也早已忘記了你。

你曾是我難以言喻的祕密，但當你眞正投入生活之後你才會明白，其實開不了口的心事，可多著呢！

晚上 11：26，
如果執著只是於事無補，
那灑脫或許是最好的告別儀式。

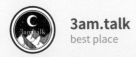
3am.talk
best place

11:37
Tuesday, 11 June

MESSAGE   now
3am.talk
你想拉我一把 我卻不能朝你伸出手來

2,014 likes

#世界末日　#傳染病　#拉我一把

6.
你想拉我一把，
我卻不能朝你伸出手來

我在你看不見的地方悄悄地點了根菸，嘴角還殘留著威士忌的餘香。

人最悲哀的事情莫過於在叛逆期的時候，體會到什麼叫孤獨，每天總有一兩件解決不了的事情，這些小問題日積月累之後卻變成了人們口中自招的世界末日。有時候我也差點相信了，人生沒有活到如魚得水的模樣，可能……可能真的就像他們說的一樣，其實是自己活該。

振作與堅強，不知道從什麼時候開始變成了一種道德觀念、社會責任。聽聞堅強是可以鍛鍊回來的，這話說的一點都沒錯，只是生活似乎不允許我們偶有失手。就算哪天我們終於熬到出人頭地的那一天，我們的成就得到賞識，但它依舊會被視為是一件分內事。其實誰不想成功，誰不想好好地活出個人樣，對得起自己又對得起那些自己在乎的人？

多希望快樂跟幸福都能像傳染病一樣人傳人，這樣一來心裡那些猶如暗湧的負能量才能有機會盼到如釋重負的一天。但偏偏我們越失落，那些屬於別人的快樂反而更顯得礙眼，而此時此刻的我只能擺出一副不在乎的臉色，然後酸酸地說一句：「我不稀罕。」

世界上大概有 10 億人有抽菸的習慣，那麼這個世界上就有 10 億個說不

出口又寫不出字的故事。依稀記得 happy hour 的啤酒好苦，皺著眉喝了兩口就喝不下去了。才過了多少年啊，手裡的酒即使一杯比一杯烈，你面不改色的功夫都差點騙了自己，這樣的你已經可以輕鬆自如地跟陌生人打交道，你的灑脫與自負在別人眼中是一種美麗的誘惑，只有你知道，你把自己最可悲的一面悄悄藏在眼神裡。

你學會了笑給別人看，因為眼淚只有在詩詞裡才能得到世人的同情。但這種伎倆還是騙不了自己，所以你開始尋找別的方式去釋放你心中無人能懂的悲傷，然後在試了千萬遍之後才驚覺，悲傷原來會跟著你一輩子，差別只在於你能否在心中找到一個安放它的地方。

孤獨的人說不上成熟，卻要比快樂的人提早面對自救的問題。

與其問我什麼時候染上了菸癮，不如告訴我什麼時候孤獨才願意放我一條生路。

你搖搖頭說：「菸草傷身。」我嘆了口氣回了一句：

「可是寂寞傷心。」

我從來沒有一走了之的念頭，或許從我的樣子看到了叛逆和冷漠，但你要明白，世界上沒有誰不想擁有快樂。你只是看到我在途中歇息點起的菸，就別說你讀懂我所有的故事。我們的孤獨不怪誰，就怪我們的自負，偏要把那些心事藏在菸圈的後面、紅酒杯的杯底。

你可以替我續杯，也可以替我在下雨天的屋簷下，點著我最後一根菸。

但你救不了我，永遠都不可以。

晚上 11：37，
不要爲難我的孤獨，
它的卑微只適合獨處。

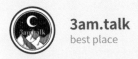

3am.talk
best place

11:42
Tuesday, 11 June

MESSAGE   now

3am.talk
最可悲的是連你要走 都是我親自送你離開

♥ 2,014 likes

#自由 #歡送 #離開 #我們

7.
最可悲的是連你要走，
都是我親自送你離開

你先說分手好不好。

在〈安靜了〉的 MV 裡，男主角向那個深愛著他的女孩提出了最委屈的
請求。

我一開始也不懂，如果你要走的話，為什麼你沒有選擇狠心地一走了
之，甚至連分開的時候都堅持要我做那個壞人，讓我找不到任何恨你的
理由。我從你的眼神裡讀懂你的冷漠，原來在愛情裡，當我給不了你想
要的未來，我就要把自由還給你。

後來我沉默了很久，替你收拾好所有東西，交到你的手裡。我最後忍住
想再抱你一下的衝動，因為你不會推開我的同時，卻也不會為我留下來
了。我站在世界的邊緣，鬆開你的手，卻沒有如你希望的比你先離開。
這是我最後的底線，我可以先放開你的手，但率先離開的人一定不會是
我。就像我在機場目送你一步一步地退出我的世界，就連你要遠走高飛
的時候，我都堅持送你到最後。

幸虧你消失在海關前沒有回頭，不然我也不知該微笑著歡送你，還是我
早就忍不住淚流滿面。

我戴著耳機，呆滯地看著天空，數著飛機一架接一架地起飛。我在機場到底是在送你離開，還是在等你回來？因為前一刻還是觸手可及的你，下一秒已經遠在天邊。我希望在等你的同時，我不會失去自己原本的生活。我的心你可以全部帶走，但在你歸來之前，我的生活不能只是天天拿著小板凳，坐在接機大廳盼著你回來。

「我送你離開，千里之外，你無聲黑白。」

一首〈千里之外〉如今已經唱了 12 年，或許有些心情就像老歌，即使在腦海裡開始泛黃，也漸漸被新的事物遮蓋，到頭來它依然是最有味道的回憶。它是一首流行曲的副歌、是一個人的輪廓、是一堆被遺棄的劇本。

太多人在等一個人的時候，放棄了生活該有的模樣。你在天邊追尋夢想的期間，我也會努力過好自己眼前的生活。如果最後為你落得茶飯不思的下場，那也只能說明我跟你之間，有一個不是及格的情人。

或許愛情就是這樣吧，總要摻雜著一些受傷與離開。我先提的分手，卻是因為你早已離開了我。你心裡永遠都有比我重要的事情，你可以為任何其他事情而隨意放棄我。你需要的不再是我的愛與付出，我什麼都給過你了，細數之下，我欠你的唯獨是死心和放手。

我想去找你。但就算我知道你身在何方、此刻是否安然無恙，我再也沒有出現在你面前的理由。如果我只能用陌生人的身分待在你遙不可及的周圍，那我倒不如留在你方圓幾里以外的地方，假裝過得很好，假裝放

手是一件很簡單的事，假裝你一點都不難忘。我們分開，最可怕的是明明你沒有做錯什麼，我卻非要原諒你。因為你放棄的不是我，只是「我們」。

或許給不了你幸福，我的內心始終帶著愧疚。

其實你的離開，是多麼的理所當然。

晚安 11：42，
最後你還是你，
與我沒有半點瓜葛的陌生人。

3am.talk
best place

11:48
Tuesday, 11 June

MESSAGE   now

3am.talk
在你心中 我是上一個最愛還是下一個前任

♥ **2,014 likes**

#最愛 #前任 #盲目 #言不由衷

8.
在你心中，
我是上一個最愛還是下一個前任

不知道此時此刻在你身旁的是誰，是否會用同樣寵溺的語氣在她耳邊呢喃，說你早就放下了過去的感情，以後你的眼裡只會看見她，你的前任都不怎麼樣，沒有她溫柔敦厚，也比不上她的體貼入微。

這一字一句我都耳熟能詳，因為你曾幾何時也為我上演過同樣的情節。這番話在我耳邊縈繞的時候是一種無限的溫柔，它曾給予我最溫暖的安全感，或許這就是愛情裡盲目的本質吧……只要我願意相信的話，真相到底是否如你所說的，其實一點都不重要。

可是一樣的對白，從你口中說給別人聽，卻是對我最尖銳的傷害。是不是所有美好的愛情背後，都是由別人的痛苦堆砌出來的？一個人的幸福或許都是因為有另一個人在背後成全。

有時候我也不太能理解，難道我和你的愛情，在本質上有著天差地別的不同嗎？為什麼你在深愛過我之後，也能用同一種方式、帶著一樣的語氣去愛下一個呢？後來我也曾遇過比你更好的人，卻沒辦法像你一樣，見一個愛一個。什麼叫比你好，其實我也說不上來。大概就是比你懂得珍惜我，沒有你那麼多的言不由衷，他們的愛比你的愛簡單很多。

可是到了某天我才發現，感情裡原來從來不在乎什麼條件。所以其實我一直都沒有遇到比你更好的人，真的，沒能讓我再次放手衝動去愛的人，都不算是更好的人。你後來可以深愛著她，無非也是她讓你重新找到了愛人的能力與勇氣。我真的可以理解，因為你堅定地相信愛的表情，我也曾經見過。我不知道該慶幸還是該失落，原來能讓你重新投入愛的人，從來都不只我一個。愛，原來永遠都有下一個。

你說過很多老套的山盟海誓，你曾經計畫過一個有我的將來。雖然說不上特別的溫柔濫情，但你說的一字一句，我都期待很久很久。但你在離開我的時候，還記得你當初愛我的理由嗎？你不記得沒關係，反正你一直沒有明確地告訴過我。從我們曖昧到一起、相愛後又分開，我都不知道在最一開始的時候，我眼中的你到底哪裡跟別人不一樣。這個問題，可能我再也無法得到答案了。可是它對我來說，大概就是解脫的關鍵，或許你後來不再愛我的原因，就藏在這個回答裡。

至於我為什麼愛著你，這個問題我也深究了很久。

我一直以為我為你無法自拔的原因是因為你細心、體貼、舉手投足之間都散發著我抗拒不了的誘惑。直到離開你很久很久之後，我才終於想明白，原來我愛著你，是因為我一點都不了解你。很久之後，你終於無法隱藏你的真面目時，卻為時已晚，我在你面前早就無藥可救。

你離開我的時候，我才真正地認識你。可能是因為你眼裡滿滿都是溫柔，或許是我感受到你對我與眾不同的對待，當初我愛上你，本來就有百萬種解釋、千萬種理由。這些事實，都在你決定要離開我的時候，被

你——否定。在分開之後越是無法自拔，越顯得我對真正的你根本一無所知。就算我們是認識多年的知己，即使是一拍即合的靈魂伴侶，每個人總有他不為人知的一面。不是你故意隱藏，其實你分手的時候也有一副分手的模樣，只是我們發展到了今天，才來到了分手的階段而已。

我們不可否認，你當時願意讓我覺得自己在你眼裡跟別人不一樣，恰恰證明了你的神祕是讓人最無可抗拒的魅力。因為愛你，我想更懂你。但或許只有在你離開了我之後，我才能真正地看完你每一個面貌。

晚上 11：48，
在愛過你之後，
我更了解的原來只是我自己。

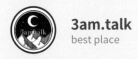

3am.talk
best place

11:59

Tuesday, 11 June

MESSAGE   now

3am.talk
經歷過太多 我們漸漸開始相信幸福很難

 2,014 likes

#失去 #很難 #危機感 #一無所有

9.
經歷過太多，
我們漸漸開始相信幸福很難

有時候你自己也不太清楚，到底心裡想要的是一份簡單的幸福，還是排除萬難都要得到的那個人。

其實愛情裡，哪有什麼大智慧？

我愛你，所以我覺得你是合適的人，而你愛我，證明了我沒看錯。

世界上總有更苦的悲情歌，但現實生活裡其實也能找到幸福的蹤跡。我一邊害怕失去你，卻不失享受愛你的滋味。感情還是需要一點點的危機感，不然我們會愛得太理所當然又理直氣壯。愛不可能沒有傷心害怕，但這些恐懼不該比在一起時的快樂多。

若我們不停執迷於得不到的最愛，浪費了太多的生命與感情，後來只能落得孤單的下場，我只能惋惜地說一句是我活該。所謂最愛，不見得適合陪你度過生老病死。可是愛情不是越難擁有才越值得。

我不想我們之間除了愛之外一無所有。那個偷偷藏在我心裡十年的人，都不如那個認真站在我身邊，陪著我十年的人。什麼愛與被愛你會選哪一個，對不起，我不想讓自己的愛變得那麼複雜。我愛著的人若不是那

個適合的人，那我也知道要放過自己。

我跟你在一起，不管過去也不問將來。不必計較我們是不是彼此的最愛，只要是適合一起生老病死的那位就好。愛是想盡辦法都要珍惜眼前人。只要你在，而你眼裡有我，歲月自然靜好。

但當我們擁有著誰的時候，我們的初衷到底是什麼？

是因為他給了你夢寐以求的快樂？

是你第一次如此接近理想中的生活？

還是因為你從第一眼開始就無條件地想要守護在他身邊？

你到底是愛著他，還是愛著他能給你的幸福生活？

世界不缺愛，但幸福的人卻為數不多。在某個夜裡你突然陷入了沉思。當愛與幸福不是來自同一個人，或許這就是愛情裡最可怕的事情。

我們曾經不顧一切地深愛過誰，雖然後來慢慢復原了，卻是真的曾經傷痕累累。後來我愛他的方式，跟曾經非你不可的時候不一樣。痛愛著你的時候，我不見得有多幸福。那時候我不懂，我只想不惜一切地把你私有化。但我沒有你那麼複雜，心裡藏著某個最愛時，懷裡又能同時溫暖著誰，所以我寧願自己能做到見一個愛一個，這樣在我這裡就只有愛與不愛可言，而你不必顧忌我愛你後面是否還更愛著誰。

我說不上來爲什麼會愛著後來的這個他，但他在的時候，我的嘴角會不自覺上揚。心跳雖然不會突然地加速，他卻依然在我心裡占了一席之位。或許在他這兒，我的生活和幸福得到了重新定義的機會。

愛不夠我們堅持一輩子，所以我愛你、你愛我只是故事的開始，若一個人能給你幸福，才該配有獲得被你深愛著的資格，才能有後面童話故事最後那句：從此王子和公主過著幸福美滿的生活。

難道不是適合的人才更值得被愛嗎？

愛著不一定能幸福，但你若能幸福，那一定與愛有關。

晚上 11：59，
那些得不到的人，
其實也給不了你幸福。

第二夜
1am──失眠

撐了大半天，原來一個人真的好孤獨。

#孤獨#情歌#懷疑#失落

3am.talk
best place

1:02

Friday, 9 August

MESSAGE   now

3am.talk
他有喜歡你的本事 卻沒有愛你的欲望

♥ **2,014 likes**

#欲望 #絕望 #距離 #背道而行

1.
他有喜歡你的本事，
卻沒有愛你的欲望

沒有人願意承認對方從頭到尾都只是想和你談個戀愛，卻沒想過要跟你有一個共同的將來。我們以為喜歡就會理所當然地在一起，相愛了一段時間之後，就會順理成章地慢慢步向所謂的將來。或許我們都沒錯，可能所有的事情都要經過時間的洗禮與考驗才能蛻變成更好的模樣，但你跟我都太有自信了，總以為進步是一種必然的發展。他喜歡你，非常非常喜歡你，也不代表他愛你。就算你們朝夕相處一千天，也不能保證你們擁有彼此的未來。

有多少戀愛越談越讓人覺得絕望？有多少人越愛越看清自己跟對方的真面目？有些教訓只有在事情完全崩塌之後才能學會，有些真相只有在對方遠去了才願意去面對。因為愛很可貴，我們相信它會像木桶裡的陳年佳釀，時間會讓它的質感更豐富，讓它的價值變得無可取代。我們相信愛，卻誤以為愛是某某名字的代名詞。

因為喜歡，我們有了互相靠近的理由；因為喜歡，所以在他眼裡，你變得跟其他人不一樣。世界上有很多種喜歡，給予我們的命運各式各樣的契機，交叉然後又重疊。喜歡，是一切的開始，但是喜歡，也可以是一切的結尾。

我喜歡你，接著我也可以愛上你，然而我喜歡你也可以只能到喜歡爲止。好感就像一條天梯，沒有只往上爬的道理。如果你堅信世界上存在一種無盡，你又怎樣去肯定它一定是通往你心中嚮往的那個方向，而不是跟你的期望背道而行呢？

啊，眞巧，耳機裡正播著謝安琪的〈喜帖街〉，那句「有感情就會一生一世嗎」在黑夜裡言猶在耳。

我喜歡你，給了我一個不會走遠的理由。

我喜歡你，卻不代表我們有能耐縮短彼此之間的距離。

直到現在我依然相信愛，因爲讓我失望的不是這種難能可貴的美好，而是那些我看走眼的過路人。世界上有很多種喜歡，但在本質上卻只有一種愛。

愛情裡有一個大前提，那就是他喜歡你，並不等於你想要的答案就一定握在他的手裡。如果我們理解這個道理，那愛情一點都不可悲，因爲我們容許自己嘗試，也能接受自己偶有失手。反之，我們若無法接受不是所有戀愛都能開花結果的話，這或許就是我們掙扎無果又依然痛苦的原因。

這樣的喜歡難道你就覺得知足了嗎？你在他心中的位置比所謂的朋友還要高一些，這個地位卻永遠只會在他之下。或許你不介意停滯不前，但你也看不到什麼嚮往的明天。你們依然每天拉扯著，這樣的感情能熬一

天，是一天。

有時你也想要安慰自己，感情這個劇本可以邊愛邊寫，你越想說服自己，卻越顯得你心虛，你不願意承認一段有將來可言的感情跟眼前的一切有著太大的落差，你無法羨慕別人的幸福美滿，因爲同樣是戀愛，是你自己不願意忍著痛，一刀兩斷、放生彼此。

凌晨 1：02 了，
你越捨不得受傷，
就越無法得到解脫。

3am.talk
best place

1:12

Friday, 9 August

MESSAGE   now

3am.talk
就算「我愛你」最後只是一句無主情話

2,014 likes

#我愛你 #情話 #受傷 #心碎

2.
就算「我愛你」
最後只是一句無主情話

其實我的條件不差吧，但我也心知這個世界上有很多比我還要好的女生。有些比我優秀，有些比我溫柔，有些可能更懂得如何撫平你那些讓人心疼的內心戲。可能她們都在暗地裡深愛著你，甚至任何一個都有本事讓你在一個轉身的瞬間，就對我失望透頂。當你明知你愛著一個不可能擁有的人時，我們都不知不覺地越愛越低微。在任何理由導致的失戀或分手後，總會有幾個好友對自己說那句「你值得更好的」，你是不是也早有了這樣的覺悟，才能在離開的時候，顯得毫不費力又不痛不癢？

大概我真的不太懂得如何去愛你，或者說我根本就還沒參透跟你切磋的規則。故事開始的時候，我不知道你為什麼在那麼遼闊的人海裡選中了我，甚至到故事結束的時候，我也不知道是我自己弄丟了你，還是你本來就沒打算留下來。最可悲的失戀是，就算我愛你，但我卻一無所知。

你在愛裡面到底學會了什麼啊？一輩子都不敢再忘記的那種。

我不願愛不了你之後還一無所獲，就算到頭來只剩心碎和受傷，我也希望哪天驀然回首的時候，它們不至於毫無意義。

同一個理由要失去多少，人才會願意去面對？再美的童話故事也有它背

後的寓意，如果我們學不會它，那麼再多的故事也只能永遠是一個會結束的故事。

在太多的愛情故事裡，愛也好，被愛也好，愛，從來都不是一種萬能而永恆的特權。

原來所謂事不過三，對誰都適用。好比追一個人大概第三次就會開始覺得累，同一個藉口聽第三次就會覺得膩，或者謊言說第三次就沒有人相信了。

你不知道吧，想起當時我也是秉持著「事不過三」的態度去愛你。因為三次之後什麼都可以被摧毀，所以我學會了忍耐，學著去體諒你所有的言不由衷。或許因為這樣，你才會覺得我脾氣好，以為我什麼都不介意。當我努力把愛裡的委屈按壓下去，它卻會在分開的時候，顯得更委屈。

後來失戀之後，我又再給自己三次機會。第一次想你的時候，我不顧一切地想見到你，哪怕我只能站在你家樓下，等你心軟；第二次的時候，我撥了通電話給你，即使當時你的語氣冰冷無比；第三次的時候我一邊流淚，一邊翻著手機裡面那些永遠不會泛黃的合照。

然後，就沒然後了。就算我的所有內心戲你統統一無所知，但你明明知道我還在等你回來。既然你用堅決的態度說我們緣淺，那我也不必繼續為你一往情深。

越是犯錯就越需要摸清這套遊戲規則，然後你會發現自己始終沒有領悟其中的定律。你發現了嗎？原來在不同的感情裡，也有同樣的三次結束。第一次結束，是我自以為留得住你的時候；第二次，是我們不願意正視彼此之間的問題的時候；第三次，是你決定要放手的時候。

第三次之後，就是我們學會釋懷的開始了。

在感情路上跌跌撞撞這麼多次了，我終於替自己立下一條不可逾越的底線：如果一段關係裡什麼都沒有學到，那這段關係大概不配稱之為愛。因為世界上有一種比愛更刻骨的東西叫教訓，而你錯過了我這麼多次，就沒有資格在我的生命裡成為一個難忘的人了。你不能從一個活生生的人，轉化成一段回憶陪伴我一生啊，這樣真的太不公平了。

凌晨 1：12 了，
我不願意失去你的時候等於失去一切。

3am.talk
best place

1:16
Friday, 9 August

MESSAGE   now
3am.talk
愛情唯有獨家才是無價之寶

♥ **2,014 likes**
＃獨家 ＃緬懷 ＃附屬品 ＃無價之寶

3.
愛情唯有獨家
才是無價之寶

在東京旅遊的時候，特別喜歡那些在路邊的飲料販賣機，尤其在冬天的早上可以買一罐咖啡暖手，晚上的時候也可以用 130 日圓買到一罐溫熱的玉米湯。那時候我就產生了一個奇怪的想法。

會不會在這個世界上某個暗角裡，擺放了一部鮮為人知的愛情販賣機？這個機器只有一個按鈕，投入代幣之後，沒有人知道這一次會得到什麼版本的愛情。它可能會讓你失望，可能會帶給你出乎意料的驚喜，它可能很快就會過期。

在我愛著誰的那些日子裡，尤其在那些失眠的晚上，我都想下樓看看愛情販賣機這次又打算給我什麼樣的回應。

有時候是兩行眼淚，也有過幾張漸漸泛黃的合照，有本手寫的筆記，一頁頁都是那熟悉的字跡。所有愛情裡累積下來的附屬品，最後在你我分道揚鑣的時候，變成了沒人認領的遺物。

如果愛情是這樣的身外物，你說該有多好啊，我不求得到世界上最好的愛情，我只希望我能在每個欲哭無淚的夜裡，把那些所謂的愛與牽掛統統丟到資源回收桶裡。如果它尚有什麼意義與價值，或許我還可以把這

段回憶當成一個故事，放在古董店寄賣。希望這段過往如同其他古董一樣，能隨著時代的變遷，而變得更有緬懷的價值。

其實這樣也滿讓人欣慰的，這樣一來，每段沒有開花結果的愛情，都能換個方式從別人那裡得到一個起碼比現在更好的結局。所以我會盡量把所有得到與付出進行分類回收，該留的留，偶爾可以拿來緬懷；太過觸景傷情的東西就應該一點一點地清理乾淨。我不至於把這種重新整合當作一種寄望，因為對於有些人和感情，我真的無法假裝在他們離開之後，可以用別的方式，換種面貌，又繼續在我的世界裡苟存。

但感情裡的附屬品又該怎麼去定價？

曾經我在世界某一個角落裡遇到一個賣眼淚的伯伯，這個新穎的買賣讓我忍不住上前問他眼淚怎麼賣。

「我一買，你一賣，只要是等價交換就可以了。」

「你有什麼想要捨棄的都可以拿來跟我交易。」

「但即使是你這輩子最深刻的愛情故事，可能都無法從我這裡買走一滴眼淚。」老伯淡然地說。

啊，原來再刻骨的愛情一點都不值錢。我們總覺得付出過的感情很值錢，到頭來全都是我們自己的先入為主。

所以我決定把所有感情遺物，封存在心裡一座愛情博物館裡。

因為當滿街都是二手回憶時，再不起眼的感情只要是獨家的，都算值錢。

凌晨 1：16 了，
雖然後來在販賣機裡出現過最多次的是
一張張博物館的入場券。

3am.talk
best place

1:21
Friday, 9 August

 MESSAGE   now

3am.talk
我們都以為深夜是遇見soulmate的最好時機

♥ **2,014 likes**
#深夜 #傾訴 #心聲 #靈魂伴侶

4.
我們都以為深夜是
遇見soulmate的最好時機

有一種愛情故事開始得太快，總是讓我們有點慌亂、有點期待、有點措手不及。在一個天時地利人和的偶然下，你們的相識沒多久就已經昇華到深交。他不久之前還是一個微不足道的陌生人，如今你卻聽到他在你心房上輕輕敲門的聲音。你們白天討論著生活的瑣碎，晚上互相陪伴又傾訴心聲。昨天的噓寒加上今天的問暖，漸漸都被時間和陪伴醞釀出曖昧，你忍不住把感情注入這些勾魂攝魄的火花裡。你一點一點地習慣、一天一天地上癮，在餘溫急速下降的時候卻開始坐立不安。

我只想知道，這個人現在還在你觸手可及的範圍之內嗎？

除了睡覺的那幾個小時之外，我們似乎都沒辦法忍受沒跟他聊天的每一個時刻，甚至沒他的晚安你就無法安心入睡，早上醒來第一件事就是確認自己有沒有錯過他的回覆。

在不知不覺中，他的陪伴竟然成為一種習慣性的安慰，生怕隨時把他弄丟了就等同失去唯一一個跟自己靈魂相近的人。他是艱辛生活裡那根最後的稻草，他是茶米油鹽裡的最後一顆糖。

你覺得他出現的時機剛剛好，因為那時候你渴望著來自誰的溫暖，而他

碰巧在最黑的夜晚，爲你挑了一盞微暖的燈。可是你從來沒有認眞想過，只有眞正寂寞的人，才能引起另一個寂寞人的共鳴與迴響。所謂靈魂伴侶，其實一半是自己的靈魂，而剩下的「伴」個則是陪伴的伴。

陪我們聊出感情的人不只一個，但看著後來他們一個個都離線了才恍然大悟：原來這一切都只是自己在自導自演。

你要記住，用心記住，沒多少人會在週六的夜店遇見眞愛，還有那些在深夜時分隔著手機、撩你的情話也不見得能等到對方在耳邊爲你呢喃。所以不要從陪伴裡面提取愛，這些神祕的面紗背後不一定是你期望已久的愛情。

在這個年頭，相逢恨晚或一見鍾情都可以是一種逢場作戲。不是每個人都值得你付出一切，只爲博取他的微笑與溫暖，別讓你的認眞淪落爲他隨手可得、反手可棄的笑話。不要讓自己太容易被撩動，撩著撩著就心動的那種。愛情本來沒有想像中那麼殘酷，但我們不願意去客觀地思考它的時候，就注定會敗在它手裡。

對於他們一個個的離開，你實在是無能爲力，你問我有些人是不是天生注定會失去？我無法告訴你命運是否早就替你安排了一切，但與其把這筆帳算在命運頭上，不如說你自己不知道在什麼時候、在不知不覺中已經做出了選擇。

你既然選擇讓他成爲你夜裡的月亮，他就永遠無法是你白天裡溫暖而燦爛的太陽。

你離開的腳步太急促，我放下你的節奏太緩慢。

我不禁嘆了口氣。

如果我們是貨真價實的靈魂伴侶，

就不會在分開的時候毫無默契。

凌晨 1：21 了，
後來太多讓我們為之動情的人最終都下落不明。

3am.talk
best place

1:27

Friday, 9 August

MESSAGE   now

3am.talk
如果一句晚安 無法換來一夜心安

♥ **2,014 likes**

#瑣碎 #糾纏 #熬夜 #不安

5.
如果一句晚安，
無法換來一夜心安

我本來想打電話給你，聊聊今天發生的瑣碎事。我想讓你知道，不管生活多忙碌，我還是能抽出空檔去想念你。雖然最後我忍住了那句糾纏不清的「很想見你」、吞掉了那一句煽情的「我愛你」。最後我納悶許久，還是用一聲「晚安」，潦草地結束這段通話。

每一個夜晚本來都值得擁有一個安穩美好的結尾。我努力掩飾著自己的矯情與不捨，如果愛的餘額所剩無幾，誰又敢斗膽肆意地花費它？

直到這通電話再也撥不出去了，才明白原來所有的漫漫長夜，都是在這樣的無奈與憂傷中開始的。不是所有的晚安都能換來兩個人的安眠，有時候它或許是一種妥協或投降……我把這夜的自由還給你，是想看看你會不會主動拉著我說「沒關係」「不如再陪我一下吧」。

他們說愛你的人捨不得你熬夜，但你不必用這種方式心疼我。可能你早就察覺了，我總是想找各種方式去證明你不是像他們所說的沒那麼愛我。即使我為你徹夜未眠的時候，你可能都在某處享受著消遣與自由，有時候我不禁在想，戀愛怎麼越談越辛苦了呢？我要推敲著你每句話是否藏著弦外之音，也要把自己的心事維持在一個不太明顯，而你又能偵查到的範圍裡。

我不敢把情話用紙筆記錄下來，然後不顧一切地在屋簷下等你回來。因為我生怕雨水一淋，你就會永遠錯過我一直藏在心底的祕密。鼓起勇氣這回事，真的沒剩太多次了。

深夜的我們都不是最好的我們，尤其當我們都各懷心事的時候。這個時刻的女生多數感性、不聽道理，心裡藏著一堆說不出口的不安與脆弱。而那位站在她對面的男孩就算理性，卻似乎總會在關鍵時刻忘了愛。

可是「愛」到底又能排除多少萬難呢？偶爾我還是會從相愛中清醒，也不得不承認我們終究是兩個世界的人。我們之間若有無限的新鮮感，那麼這段關係就必然要承受無盡的磨合。問題已經再也不是你愛不愛我，而是我們有沒有能耐在彼此的生活裡，一直站穩自己的腳步。

有些問題，不是吵一吵、鬧一鬧就能解決。你說我懦弱也好，恨我膽小也罷，我想盡量逃避每一個吵架的機會，因為我們一定各執一詞，然後我又會固執地堅持己見、誓不退讓。我們都會忘記，這個世界上沒有任何事情，值得我們親手去傷害自己的感情。

但可能我們在更多的時候，都逃不過因為自己的無能為力而心虛。如果問題無法通過溝通得到解決，那或許逃避它，是我們唯一可以保護愛的方法。即使我心知，這樣真的不應該。

其實我是一個特別容易想放棄的人，但關於我愛你這個決定，我覺得我還可以再堅持一下。在完全絕望之前、在我捨得放下你之前，我們應該還可以再想想辦法。

如果爭吵過後我還想愛你，那一開始的爭議與謾罵都沒有絲毫意義。到頭來，我不需要用一場爭吵來證明誰是誰非，來查明你是否真的愛我。

凌晨 1：27 了，
如果一聲晚安還不夠，
不如再加一個擁抱吧！

3am.talk
best place

1:38

Friday, 9 August

 MESSAGE   now

3am.talk
後來你是怎麼用星座去解釋離別的

♥ 2,014 likes

#星座 #運勢 #心事 #奇蹟

6.
後來你是怎麼用
星座去解釋離別的

年輕時，每到半夜無法入睡的時候，我都會翻開剛更新的星座運勢。
十二個星座裡，習慣性地直接跳到你的星座，把內容細讀兩遍，才想起
要去看看關於自己的運勢。

星座書上，永遠都剛好說中我近期的心事。它說我心中渴望愛情，下一
秒我的腦海就出現了你的輪廓。它說這週我的生活好壞參半，又好像準
確無誤。我不敢說作者筆下寫的都是謬論，但這個世界上確實不缺一些
喜歡對號入座的少男少女。

你有沒有真的去了解過星座？如果你對星座深信不疑，或許我可以換一
種方式來跟你聊聊愛情。

有人用星座替你演示過兩個人的距離嗎？不是那種虛無縹緲的命理，我
們來聊聊那些有理有據的天文學。

牡羊座的三顆主星裡有一顆叫婁宿三 (牡羊座 α / Alpha Arietis) 的恆
星，它與地球之間相隔約莫 65.8 光年的距離。而那顆被譽爲「天蠍之
心」的心宿二 (天蠍座 α / Alpha Scorpii)，它的準確位置位於地球以
外大概 619 光年左右。雖然我們無法直接把兩顆星星的距離相減，但你

懂我的意思嗎？或許我跟你的距離，遙遠到不知應該從何著手預估。

後來我也曾經因為跟某人的分開，而恨透了一個星座，然後又一怒之下取消關注所有跟他有關的星座解說。說不定只是我的內心在賭氣，明明你的特質我早就可以從星座書上倒背如流，我還是眼睜睜地失去了你。

這個年代我們可以透過望遠鏡，看見銀河中那顆最遙不可及的恆星，那這個世界上有什麼方法可以讓我看透你之後再幫你配上一個獨一無二的名分？

有時候我真的懷疑世界上並沒有什麼合適的度量單位去形容我跟你忽遠忽近的距離。

我不願意承認我們相隔多少光年，畢竟一光年已經等於 9.46 兆公里，這種距離我不敢細想，畢竟沒有人敢想像 9,460,730,472,580,800 公尺到底是什麼概念，遑論我們曾經隔著比這個數字還遙遠的距離相愛過。

所以啊，請你一定要相信我是真的努力過了。雖然我在很久很久以後才發現你也是宇宙裡的一顆恆星，透過萬有引力朝我綻放光芒。如果你曾經在我觸手可及的範圍出現過，是不是已經算是一種讓人感動的奇蹟了？

凌晨 1：38 了，
即使我愛你是一種徒手摘星，
到頭來只是愛而不得。

3am.talk
best place

1:44
Friday, 9 August

 MESSAGE   now

3am.talk
愛不只是責任 但愛不能只是懂事

♥ **2,014 likes**

#責任 #懂事 #寂寞 #善解人意

7.
愛不只是責任，
但愛不能只是懂事

我的暗戀可以肆無忌憚，反而在相愛之後卻變得小心翼翼。

我們各自單身的時候，我可以膽大包天地找各式各樣的理由去找你。當時我們能厚著臉皮，又略帶曖昧地一點一點地靠近對方。後來我們相愛，我反而在每次要去找你之前，都要思前想後，我想跟你分享我那些快樂與憂愁，又怕你沒有義務去承載我所有的情緒。

當你的朋友可以隨時陪你打發寂寞，但身為你的愛人卻要時刻保持一副合格的模樣。這樣典型的性別定型，給我們制定了很多對於感情、自身的考驗。好比那一個原本一如以往又平淡無奇的晚上，你大半夜的一則訊息，輕而易舉地擾亂了一切。

「今晚朋友約喝酒。」

「到家跟你說。」

你突如其來的通知不禁讓我眉頭一皺，手指頭飛快地在鍵盤上打著心裡最大的顧慮。

「跟誰啊？大半夜的。」然後我看螢幕迅速地顯示「輸入中……」

「幾個哥兒們會過來，之前跟你說過的那個女生也會在。」你大概是太過期待晚上的約會，才會毫無防備地正中下懷。

那一個晚上，我也不知道我是因為在等你回家才睡不著，還是因為被自己那些胡思亂想纏繞以致失眠。原來再細心的男生始終不會懂，在這些容易讓人衝昏頭腦的感情裡，坦承不是證明自己清白的最佳辦法。

我不是十六七歲的小女生，非要用吃醋吵架這些伎倆去捆綁著你。讓人氣憤的是平時多麼懂得拿捏溫柔體貼的你，當你有自由的時候，卻連避嫌的皮毛都學不會。我也不是那種嬌柔軟弱的小公主，要你時刻承受我所有脾氣與肆無忌憚。後來我瞧不起自己的感性，最後還是一手擦著不聽話的眼淚，另一隻手把撒滿了一地的情緒一點一點地收拾起來。

第二天你用各種方式哄著我，我笑而不語。我也曾為你心軟，很多次很多次的那種。這種感覺就好比我第一次在夏天裡買了一杯你最愛的冰淇淋等你，你遲遲未歸，它就漸漸在我手中化成水。後來你又在冬天惦記著那杯沒吃到嘴裡的冰淇淋，你想要的我都想給你，但這不代表你思思念念的冰淇淋在嚴寒的冬天裡就不會融化。

很多事情就是這樣，我們必須跟時間抗衡，太多的事物不是你願意等就能等到的。但你一直都不懂。

所以從此之後，我沒有再等過你回來，很久之後你問我是不是不愛你

了？我想，你大概就是這樣慢慢失去我的。不是每個女孩都會愛誰愛到願意捨棄教訓，是在這種看起來不起眼的經歷下被磨練出了獨立。

別讓一個女孩太懂事，別讓她愛你愛得太委屈。別讓一個男孩等太久，別讓他愛你愛得太失望。因為女生與男生的區別，是前者只會越愛越保留，而後者卻會把這次的愧疚與悔意，連本帶利地還給下一位愛人。即使溫柔是本意，但善解人意從來都不是誰必然的義務。

凌晨 1：44 了，
最好的愛情可能是我能成熟地愛著你的同時，
不必學會懂事。

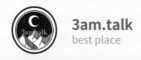
3am.talk
best place

1:49

Friday, 9 August

 MESSAGE   now

3am.talk
你這麼好 不值得被誰肆意地浪費掉

♥ 2,014 likes
#肆意 #掙脫 #曖昧 #假象

8.
你這麼好，
不值得被誰肆意地浪費掉

可能是因為我對你來說，只能算是一個偶爾的例外，卻又稱不上是最特別的一個吧！你在我耳邊說悄悄話的時候，我總是不由自主地心跳加速。你對我好，雖然說不上好到哪裡去，但那都是別人無法享受的特權。曖昧一時確實能讓我們擁有一些美好的回憶，可是曖昧一世卻能推翻一切，同時也毀了你我。

每次你淡淡地否認說這不是曖昧，你說你會盡力。我也會盡量說服自己，再等一等吧，或許愛情再醞釀一段時間更能帶出幸福的味道。但你從來沒說過這是愛情，當哪天我再也沒有動力，企圖從真相中掙脫時，或許我不得不承認這些年來所謂的感情交流，實際上什麼都不是。

你在適當的時機給過我快樂的假象，在恰當的情節裡用真情飾演了一個讓人為之動容的角色。說實話，其實這些年來，我也不是沒有享受過，但我搞不清楚，你羊皮底下的本性到底是善良還是殘忍？不然怎麼可以一直對我們的問題視若無睹？假裝你我之間從頭到尾都是一切安好的模樣？可惜呀，我始終無法臨摹你那套從容不迫的手段。我曾經恨過你很長很長的時間，後來你對我刻意地示好，讓我以為這一切會從和解中慢慢步向嚮往的愛情。可悲的是當我越心軟，就越逃不出你忽遠忽近的魔咒。難道是我一開始便誤會了你嗎？連這個問題我都摸不透答案，恰恰

說明了你的想法依然是你藏得最深的祕密。

我不懂你，甚至終究走不進你心裡。

這些話，我本來想當著你的面說。我已經做好了你只會沉默不語的準備，唯有這樣我才能在轉身時，假裝瀟灑地說聲再見。但當你這次依然選擇用逃避去回應我最後的聲嘶力竭時，我再也騙不了自己了。那些為你點過的菸、買醉過的酒、努力替你編織出來的藉口，原來統統不值得。為了一個答案、一個解釋、一個肯定，或許這些年來我們都沒有跟愛扯上任何關係，我跟你只是習慣了彼此互相浪費。因為只要我們還可以證明自己有「付出」的能力，才能告訴自己不算活得太像一個廢人，這樣的話一切都說通了吧？我們只是不斷地想從彼此身上得到一些自我肯定的價值，因為對方的存在就是最好的證明。

可能我們是彼此的鏡子，凝視著對方的眼睛也只是為了看清自己的倒影。我們想反覆證明自己值得被愛、還有能力去愛，才算得上擁有一個正常的人樣。誰都可以隨便誤會，你也不會阻止誰去對號入座，因為你的愛從來沒有打算分配給眼前這個對象。

你問我為什麼要把一切說破？或許這就是我跟你的差別吧。一開始我想要答案，後來越拖越久、越拖越沮喪，最後我只是想要個解脫而已。即使那些寫給你的詩變成了喃喃自語的獨白，被誰拒收了之後，成為了無人認領的無主情話，我都無所謂了。在感情裡，「我愛你」這三個字必須一式兩份，但「再見」才是愛在謝幕時最優雅的儀式感。所以如果這是一個流行離開的世界，那我唯有學著怎麼去做一個擅長道別的人。

大概這些年來，你都只是享受跟我一起浪費感情跟時間的感覺，而我只是不小心把這一切都當真，才會誤會我們之間的化學反應大概是愛，又以爲我們或許還沒錯過什麼美好的未來。

可能你一直都沒有發覺吧？我的退出是我親手一點一點地鋪墊出來的。我在某個晚上一如以往地跟你說了晚安之後，你傳來的訊息再也沒有出現「已讀」二字。從前一句晚安後面藏著千言萬語，如今同樣的兩個字在這個瞬間卻比任何時候的道別都更目斷魂銷。

凌晨 1：49 了，
攢夠了失望就爲自己買一次離開吧，
畢竟越接近絕望，就越無法換來溫柔或挽留。

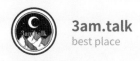

3am.talk
best place

1:51

Friday, 9 August

💬 MESSAGE   now

3am.talk
遠距離說的是你的人還是我們的心

♥ **2,014 likes**

#心 #遠距離 #言外之意

9.
遠距離說的是
你的人還是我們的心

在視訊螢幕的另一頭，你皺著眉問我為什麼遲遲不肯去睡？我用一貫的嬉皮笑臉跟你說我一點睡意都沒有。其實是真的，自從這段異地戀開始之後，我的生理時鐘不辭萬里地開始適應你那邊的時差。你醒著，我怎麼甘心一個人在夜裡獨自入睡？你的白晝是我的黑夜，我身處嚴冬你卻在擁抱盛夏。如果你過著跟我截然相反的生活、彼此活在同一個時空卻日夜顛倒，我們該怎麼維持一致的相愛？

掛了長達七小時的電話，卻依然沒有打破我們最長的通話紀錄。我在每次想你的時候總會改口問一句「你在幹嘛？」也會把所有擔心與牽掛翻譯成「到家就告訴我。」當嘴裡說出來的話和心裡想的不一樣的時候，我們都希望對方可以細心聽懂，並回應這些言外之意。

最後你一句「晚安」護送我慢慢進入了夢鄉，在電話中斷的時候，兩個時空又再次回到他們平行的軌跡上。

或許異地戀最可怕的是我們親身體會到「愛原來並不能讓我們強大到克服所有問題」的道理，當我們敗給了殘酷的現實時，太多人在距離中失去了反抗的力氣和掙扎的能力。只要你我失去了聯繫，我的城市就不會記得那些關於你的回憶。即使我可以像陳奕迅那首〈好久不見〉裡面說

的那樣，來到你的城市，除了你以外，那個世界的一切就算我再怎麼耳熟能詳，卻始終擺脫不了一種白首如新的感覺。

異地戀如同其他所有種類的愛情，白天都希望以後可以越來越好，卻在黑夜裡悄悄地怕一切只會越來越壞。我們漸漸開始報喜不報憂，你在遙不可及的遠方過著一貫的生活，我又怎麼捨得打擾你的安穩寧靜來處理一些不屬於你的煩惱？

別人等傘來的時候，我只能自己在屋簷下等雨停。等你醒來打開手機，看看這邊的天氣預報時，我告訴你別擔心我已經到家了，即使你看不到我淋雨之後那狼狽的樣子。

在為數不多的解決辦法裡，我們的溝通離不開時刻分享著自己生活裡最微小的瑣碎事，到後來我們找到了一種屬於我們自己專屬的「默契」。啊，這兩個字在戀愛裡真的太讓人覺得幸福了。

你每走過一個新的城市，再趕你都會寫一張明信片給我。就這樣，你寄了好多張手寫的卡片，我收集了很多你把我放在心上的證據。

我們慢慢習慣把溫度帶進日常的相處裡，因為感情很脆弱，多等一秒都隨時可以走失。遠距離戀愛帶給我們最真實的考驗，這不僅僅是距離、時間和溝通的問題。打從我們開始這段異地戀的第一個晚上，我們就明白，溫暖與關懷始終鞭長莫及，但疏遠跟冷漠卻能輕而易舉地隔著螢幕漂洋過海。我們太習慣先享受愛情再解決生活了，卻忘了它們無法區分先後，而只能是同時進行的兩件事情。

任何一段感情都是一段遠距離戀愛，你忘了嗎？陳奕迅在 1997 年就唱過一句「除非你是我，才可與我常在」。我們唯有學會一邊尋找最合適的方法愛著對方，同時一邊好好照顧自己。不然敗給了距離又辜負了愛情，我們怎麼對得起自己？

凌晨 1：51 了，
我寧願相信你人在異地，
但我們的心卻不曾分開過。

第三夜
3am —— 回憶

成長的代價太沉重，現在好像有點後悔了。
#假象#回憶#現實#感性#理性#幸福#心痛

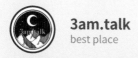

3am.talk
best place

3:04
Tuesday, 1 October

MESSAGE   now

3am.talk
失眠的時候你最想念誰

♥ **2,014 likes**

#失眠 #掛念 #人走茶涼 #趁虛而入

1.
失眠的時候
你最想念誰

想找一個人掛念，同時也想出現在誰的想念之中。說不上什麼時候慢慢演變出現在這副堅不可摧的樣子了，只是當自己越習慣獨立，反而越懷念那個能愛誰愛得不顧一切的自己。如果某人能成為自己的軟肋，其實是一件痛苦但也相當美好的事情。不是早就麻木了嗎？難道還沒把獨立養成一種習慣嗎？所以脆弱才能在這個時候乘虛而入，還是你根本有心讓它慢慢侵蝕你，畢竟此刻的你不再需要堅強給誰看了。大概在第二次被誰傷害之後就學會什麼叫人走茶涼，甚至開始堅信一些薄情的道理：沒有人會永遠陪你，但沒關係，因為永遠有人陪你。

總說結束是新的開始，人走茶涼的關鍵在於恢復單身的我們有沒有勇氣把涼掉的茶倒掉，然後重新沏一杯新的熱茶給後來的人。生活建立在我們遇到的每個人的聚與散之上，所以人一走，茶就涼，只是無奈的規律。

但很多時候情歌明明只播了一半，甚至茶都還算溫熱的時候，他還是起身走了。你站在原地捧著那杯為他一人沏的茶，不知道是不是該把音樂關掉，或是該不該把茶暖著等他回來，是不是該忘記這個人曾經來過？原來人走茶沒涼，是讓人無力的常態。

所以就在這一個脆弱的瞬間，我用半秒的時間想起了你，然後又用餘下的半秒重新放不下你。他們說乾枯的沙漠會讓人出現幻覺，原來同樣的錯覺在隨便一個寂靜的夜晚也一樣能迷惑人心。細節與愛都隨著時間變得模糊不清了，但那種讓人溫暖的感覺是真的很難忘啊，即使我越想享受它，越發現回憶與現實有著太大的落差。

想緬懷一下我們那場沒有來得及發生的未來，卻不知道該從何入手。但光靠回憶怎麼足夠我們撐過這漫長的夜晚？不聯繫不難，不想才難。因為聊天需要一個身分，而想念你卻不需要任何資格。所以沒有骨氣的我還是忍不住想去打聽你的現狀，在鍵盤上飛快地敲打著熟悉的名字，加載了半天才發現你的帳號一直都沒有更新過多少次，這樣的你總讓人懷疑是不是過得沒有那麼好，還是你學會了什麼叫「秀分快」（秀恩愛，分得快）的道理所以才選擇低調過日子。

看來你喜歡她的方式，跟當時我們的喜歡不一樣。畢竟「喜歡」跟「在一起」有太多種排列組合，比如因為喜歡，所以才在一起，還有在一起之後才喜歡。然後在心碎之後我們還可以體驗到那些比較傷感的版本啊，比如因為喜歡所以才不在一起，或者是在一起之後才不喜歡。

愛，未必就是真的愛。為誰輾轉反側又為誰獨自承受這種半夜的折磨，說白了都只能算是自作自受。

在分開之後你到底想聽到誰的晚安？是那個彼此消耗了幾年的前任？還是期待在某個時刻可以讓你得到重生的新歡？但事實是，此刻的我們忘不了舊愛，也抱不了新歡。

不過沒關係，這次也能熬過去的，就像過往無數次的那樣。因為我們的深情其實沒有想像中固執，得不到的人讓我們等了太久之後，傷透心的你和我終究會慢慢敞開心扉，然後迎接下一位的來臨。

凌晨 3：04 了，
今晚的你最後抱著誰熟睡？

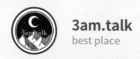

3am.talk
best place

3:10
Tuesday, 1 October

MESSAGE   now

3am.talk
你最想要的答案 一直在你的明天流浪

♥ **2,014 likes**

#流浪 #矛盾 #奢望 #瞭若指掌

2.
你最想要的答案，
一直在你的明天流浪

分開之後我們珍而重之的蝸居最後也回復到一間再也普通不過的舊居。我跟你不一樣，我偶爾還是會忍不住掏出那把生鏽的鑰匙，一個人沉醉在兩個人的回憶裡。厚厚的塵埃散落在桌上那些與愛情有關的不解之謎上，我皺著眉關上了那道房門，慌張地逃避著那些不知道該怎麼解開的咒語，畢竟這些問題一天得不到解決，都只會顯得越來越礙眼。

細數之下，這是你這麼多年以來，第一次收拾得這麼乾淨整齊，在轉身的時候不知是順手，還是故意抹去了所有跟你或者愛情有關的痕跡。比如那把藍色的牙刷、那個本來成雙成對的杯子，還有那些我一直都想追根究柢的答案。我的生活渲染了你的習慣，一起生活過，讓日常的細節變得既然普通又重要，我們越是對彼此瞭若指掌，那些從時間裡醞釀出來的習慣與了解越是在失去之後變得價值連城。

經過書店那本厚厚的《解答之書》時，我甚至匆忙地掏了錢，像著了魔似地以為在黑夜中找到了一根救命的火柴。當我準備迎接命運的忠告時，我確實止不住心跳且不停冒汗，前一秒我巴不得隨便翻看一頁之後馬上得到解脫，下一秒我居然有點捨不得這種一直在夜裡陪伴著我的折磨。我曾經瘋狂地渴望著誰可以告訴我到底是哪裡出了錯，抑或是我們只是一開始就注定了天生不對的命數。

我多怕《解答之書》會勸我「It's time for you to go.（是時候離開了）」或者「You'll have to compromise.（你得妥協）」。萬一我注定要放下你，那我們是不是就白愛一場了？即便我放手放得徹底，那些付出過的真心、浪費過的清楚也未必甘心服輸吧？

可是如果我執迷一世，就算為你耗盡往後可以幸福的機會，我也不確定你是否會被自認情深的我再次打動。當答案就在觸手可及的地方時，問題反而變得前所未有的清晰。原來問題的根源太刺眼，我們才不斷尋找各式各樣的出路來逃避它。

其實我早就認命了，因為無論放下還是釋懷都一樣讓人痛苦。反正青春就是拒絕循規蹈矩，或許這樣屢勸不聽又死性不改就是我們還輸得起的證據。我們不斷在情愛中掙扎，徘徊在對與錯、該與不該、能與不能之間，就算麥浚龍和謝安琪的〈羅生門〉聽足了十年，我們還是不知道到底抱著殘像還是壯烈離座哪一個更能讓這段情流芳百世。

這種矛盾與掙扎大概就是我明知不可能也不應該，卻依然奢望在下一個破曉的時候能再一次遇見你，然後隨便找個身分留在你的世界。我們可以是最普通的朋友，我可以在你最脆弱的時候，隨便找個藉口問候你，甚至如果你願意的話，我也會毫不猶豫地答應陪你重蹈這個讓我萬劫不復的覆轍。

原來我們永遠都要小心自己內心的渴望。

我怕我的幸福不是你，而我依然傻傻地還在為你執迷不悟；我怕我的幸

福就是你，卻在得到來自下一位的愛情時，才發現當時自己離開得太早，眼睜睜地錯過可以跟你擁抱未來的機會。

但誰又知道別人口中那句命運的安排，會不會其實從頭到尾都只是我們一廂情願地對號入座？我以為你也會捨不得，我以為我們就是彼此這一生的無可取代。後來一無所知的我終於發現，原來那三個字就是謎底，叫做「我以為」。你問我怎麼撐下去，我卻只能告訴你為什麼要撐下去：因為我們必然在下一章的故事裡找到屬於上一章的答案。那些後來活得灑脫又豁達的人，誰的青春不是從「我以為」之中熬過來的？

你的答案只有你能告訴自己，而唯一的方法就是：只要堅信今天的答案藏在明天裡。

凌晨 3：10 了，
明天的你會發現，
原來不需要答案比擁有答案活得更自在。

**3am.talk**
best place

3:16

Tuesday, 1 October

MESSAGE   now

3am.talk
如果我跟你最終還是愛不下去

♥ **2,014 likes**

#終於 #責任 #有勇無謀 #無畏無懼

3.
如果我跟你
最終還是愛不下去

當初手牽手一起在馬路邊哼著過年最流行的情歌，我們真的以為這次會是一個很浪漫的故事。我們從懵懂愛到成年，一開始的激情漸漸多了幾分沉重的責任，曾經你儂我儂的情話也慢慢變成了斷斷續續的廢話，最後我們甚至淪落到連吵架時，都是一個惜字如金，另一個無話可說。當初天真爛漫的小情人沒有想過會從一開始的無能，愛到後來的無力。

或許這一切都與夠不夠愛無關，只是當早戀成為一種平常事的時候，我們都低估了往後的生活到底能多折磨人。它也不是故意要為難我們，可能這也只能怪情人都太急著去享受情愛，太早以為得到愛情之後，所有事情會理所當然地船到橋頭自然直。

十五六歲的我們手握愛情，無所畏懼地說一切都不是問題。

過了沒幾年，我才發覺原來一切都是問題。

在我還沒有足夠的能力時，我竟然有勇無謀地承諾要保護你一輩子。你說你不介意陪我過一些平淡的日子，哪怕每天晚上只能兩個人分享一個麥當勞套餐也無所謂。你說我們不需要每個晚上都通宵講電話，只要每週能抽一天時間出來，牽牽手、壓壓馬路就好了。一樣輕率的我們奮勇

地在「愛情與麵包」之間選擇了前者，以為擁有愛，我們就無比富有。後來我們才明白愛情與麵包不是二擇一的選擇題，而是在我擁有麵包的前提下，我們才能考慮任何跟愛情有關的話題。

當我們都是普通人的時候，沒有很偉大的理想，沒有很了不起的本事，愛情是一顆糖就能搞定的甜蜜。當我們一天一天老去，卻依然是一事無成的普通人時，你對理想與能力的渴望卻遠比愛情來得強烈。沒有去「選擇」的能力，大概就是我們不幸福的根源，所以我們才越愛越軟弱。

我們都沒有預料到生活最後竟然不足以用平淡去形容，現在背對背入睡的我們，每晚心裡都在埋怨日子為什麼會過得這麼艱苦和乏味。

如果我們對生活都沒有了熱情，一點都不快樂的我們連幻想幸福都是一種奢侈。入世已深的你酒量越來越好，飽經滄桑的我菸癮越來越重，我們各自逃避著問題，越逃越遠也越快越好，到頭來，擺脫不了強悍的生活，也拉遠了我們之間的距離。

有人問我有沒有後悔當時不懂得珍惜愛情？我嘆了口氣，心想如果你也曾活在黑暗的谷底時，會覺得這個沒有厚待你的世界，並沒有什麼值得珍惜的。我不想回到公司面對尖酸刻薄的上司，就算回到家門前，也不知道在推開門之後，該怎麼面對令人感到不幸福的伴侶。不再年輕的你無力掙扎，欲哭無淚。有時候你不禁在想：生活都已經這麼艱難了，我們怎麼繼續供養愛情？

兩個人互相勒索感情是最殘忍的愛情。有人說在一起未必是因爲愛，但離開一定是爲了自身的幸福。可是誰又能保證放生彼此之後，我們就一定可以得到解脫呢？畢竟我分不清我是因爲愛你才不幸福，還是因爲愛得不幸福，才不想繼續愛了。

凌晨 3：16 了，
不管是麻木地撐下去，還是狠心地一刀兩斷，
似乎都無從下手。

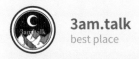
3am.talk
best place

3:25
Tuesday, 1 October

MESSAGE   now
3am.talk
如果後來你覺得合適比喜歡重要

♥ **2,014 likes**
#合適 #喜歡 #跌跌撞撞 #分分合合

4.
如果後來
你覺得合適比喜歡重要

經歷過無數次的分分合合，我們沒有像預期般變得心如死灰，只是到了最後，我們依然被某某人的優點深深吸引著，卻無法再像以前那樣包容著對方所有大大小小的弱點和缺點。有人說，人本來就是在跌跌撞撞的過程中，漸漸學會一邊求生，一邊追求完美。但我總覺得這件事沒有他們說的那麼勵志與坦蕩，可能我們只是開始冷感了，開始明白試圖改變對方原來是一件徒勞無功的事情而已。

後來被選中的幸運兒啊，應該都是我見過最簡單的人。沒有難以駕馭的不羈，沒有凌亂不堪的過去，也沒有深藏不露的城府。哄他開心甚至不再需要費盡心思，在他面前我可以很舒服地做回我自己。或許幸運的是我才對，因為他不曾抱怨過我躁動的脾氣，或者記恨過我偶爾的自私。他會像你期望的那樣說說情話，但他更不介意陪你聊聊瑣碎的廢話。

被這樣平淡地愛著，曾經是我們最嚮往的愛情啊！所有的東西結果都在你的意料之外，你沒想過那個從前最牽掛的人，終究只能當一個熟悉的陌生人，也沒想過自己在有生之年還會遇上一位願意說愛你的新歡。所以當他迫不及待地用雙手奉上承諾的時候，你還是閃過一秒的猶豫吧？愛過這麼多人，又失敗過這麼多次之後，其實你從未預測到最後會把自己託付給眼前的這個人手上吧？

如果我不害怕失去你的話，我們之間的感情還能算得上是愛情嗎？我不敢仔細去思考這個問題，到底是我喜歡跟你在一起的感覺，還是我喜歡眼前的你，反正我明白自己再深究下去只會讓你更加難堪，畢竟我們真的滿適合的……我的天，原來不知不覺中，我在「合適」與「深愛」之間早已做出了決定。

不要誤會這是種委曲求全，我也是真心真意地喜歡你，只是我在遇見你之前，不知道是遺失還是被誰奪走了排除萬難的勇氣，或許我該感激你的英勇，因為當初的你大概一點都不了解撲朔迷離的我，卻依然勇敢地堅信我們就是彼此幸福的關鍵。

這樣的你，不知更像記憶裡的他，還是更像從前的我。

後來我在你看不見的角落點了根香菸，對著漫漫長夜，吐著朦朧的菸圈。你一點都不像他，你怎麼可以像他，畢竟像他那樣的人大概一眼就能認出來了。我希望你像從前的我，因為如果你也有擁有幸福的可能，這樣我還能說服自己，就算當時錯得天真，也不算錯得太離譜。

可是你像我那般單純又能改變什麼呢？

到頭來，現在的我也渾身散發著跟他一個樣的自私。

到底是一樣的兩個人才能心靈相通，還是兩個相反的人才能發揮互補的作用？原來在感情的世界裡，根本沒有「適合」一談，如果「喜歡」是一種一廂情願，最終看的是我們誰更能包容對方的話，那麼「愛」就是

當我們被包容的時候，也懂得心疼對方的付出而已。

凌晨 3：25 了，
所謂的合適，是不是大部分都能翻譯成不夠愛？

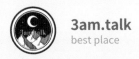

3am.talk
best place

3:34
Tuesday, 1 October

MESSAGE   now

3am.talk
練習心痛可能是避免它的最好方法

♥ **2,014 likes**

#練習 #委屈 #維繫 #小心翼翼

5.
練習心痛可能
是避免它的最好方法

在最悲傷難過的那個晚上，我抱著一堆啞口無言的委屈蜷縮在被窩裡，燈也不開，因為我深怕連自己的影子都無法面對。

這不是我們第一次失去誰了。你說你不怕放不開，你只怕在往後一個個孤獨的晚上，突然又放不下那個早已消失得無影無蹤的他。

生活就是這樣，從愛過、恨過、煎熬過最後又釋懷過的循環之中度過的。每一次我們都以為這次終於可以守得雲開了，但偏偏雲散了之後，見不到月明的你始終只有失望而歸的下場。我們都想愛人能為自己勇敢一次，甚至不介意多冒一點險，都想多撐起他們的一些軟弱。

為了這次能夠開花結果，你一不小心又投放了很多時間與心血去維繫這段關係了吧？哪怕你再怎麼小心翼翼，還是逃不過飽受委屈的結果，事情最終還是沒有走上如你所願的 happily forever after。你以為這些難題都只是一些考驗，畢竟熬過了以前那些試探之後，愛情好像也真的明顯地變得更牢固了。你以為他會義無反顧地保護你、保護你們的愛情，卻沒想到在一些抉擇面前，他卻不爭氣地選擇放棄你。他們說你只是心有不甘，但成熟懂事的你可能心裡更多的是失望吧？對他的軟弱失望，對自己的無能為力失望。

所以如果你也曾在某個凌晨三點被回憶纏繞到痛不欲生的話，不必急著要掙脫它的魔爪，因為在夜深人靜的時候感到悲傷其實也是人之常情，畢竟我們越想擁有這種快活，我們的心才越明白什麼叫失落。

我們都搞錯了，總以為想盡辦法保持快樂就能避免憂傷。事實上可能悲傷就是通往快樂的唯一途徑，你能如何對待傷痛，幸福就會用同樣的方式回饋你。俗語說「有能者居之」，你沒有抵抗傷心的能耐，你就不配坐擁天下間最難求的幸福。

就像早上七點要出門的你八點才醒來，趕在九點跟經理開完會之後，緊接著又準備陪老闆出差，飯沒吃上兩口，另一邊卻要記得跟家裡報喜不報憂。我們親手選擇的生活卻無法好好地支配它，是一件多麼正常的事啊！愛情是這樣，生活是這樣，失望和心痛亦同。

或許值得慶幸的是我們並不是每次都沉淪在悲傷的掙扎之中。吵架最美好的地方可能在於後來的和好與了解，獨自牽掛最可貴的地方在於我們在某個清晨來臨時終於捨得放下。做為一個成熟的愛人，我們分開的時候聊得清清楚楚，大家都忍住了不捨與難過，還是沒有選擇一拖再拖。你們誰都沒有後悔過，但事情發生到這個地步時，大家都心知這次真的不可能再繼續下去了。錯過了一些時機，少了一些祝福，我們的手再怎麼牢牢不放，愛情終究無法得到渴望的幸福。

練習心痛總比重複心痛來得好，恰恰是因為我們無力改變過程，才更應該想辦法擁有不一樣的結局。多練習悲傷，習慣了之後，日子還是可以繼續過的，習慣就好。愛了那麼多次，錯過了那麼多次，你明白了嗎？

這一次我終於沒有掙扎了。如果有些愛與遺憾注定只能各安天涯，那我只能獨自帶著這些美好的回憶，一個人繼續去看看這個世界的風景。哪怕我看著某個黃昏的日落，還是偶爾會想起你。

凌晨 3：34 了，
我們給不了彼此幸福的話，
唯有試著衷心祝福。

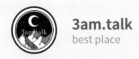

3am.talk
best place

3:44

Tuesday, 1 October

MESSAGE   now

3am.talk
分開之前 我想問你最後一個問題

 2,014 likes

#問題 #現實 #不夠愛 #癥結

6.
分開之前，
我想問你最後一個問題

在分開之前，如果你只能再問一個問題的話，你心裡最想知道的答案是什麼？

在經歷過多次的失敗之後，後來我再也不想問你是否愛過我了，畢竟有些答案我們心中有數、早有耳聞。我們都喜歡在這種時刻掙扎求生，卻從來沒有問過自己「不夠愛」與「現實」之間到底哪個更可悲。

我們習慣在無助的時候問「為什麼？」深信只要得到真相就能讓我們早日解脫，或許更天真地以為只要發現問題的癥結所在，一切就可以慢慢地迎刃而解。可是一個真相真的能換來一世的釋懷嗎？還是因為在這個所謂尋求真相的過程裡，我們可以悄悄地製造更多緬懷的機會和一些我們應該繼續愛下去的藉口？

我們都想從對方口中得到一些於事無補的肯定，就算我們明知這些時候的安慰既不能說服自己心甘情願地把手放開，也不能說服對方念在舊情的分上而留下。

或者你想從他口中得知一些難言之隱、一些安慰的解釋，甚至是一些悲憤的勇悍。恰恰是這些原因，掙扎變成我們在分手時最本能的反應，好

讓時間帶不走那些已經被宣判結束的感情與日漸陌生的愛人。

在感情裡，「尋求真相」這個舉動本身就是一種拒絕接受真相的行為。哪怕真相一直就在你面前，我們故作深情地選擇視而不見，畢竟它訴說的情節不是你最期望的那個版本。掙扎的時候別太用力，因為回憶比你預期中脆弱，當它被你弄得支離破碎的時候，你只會記得自己是付出最多，又失去最多的那個。這個世界上沒有感同身受，最好的證明就是你的痛他不懂，他的抉擇你也不了解。

我們唯有嘗試說服自己去體諒對方，用力愛過的話，就溫柔地放開，解不開的謎題就別再抱有心癮了。

不論是一句「晚安」還是一聲「我還愛你」，你想聽他親口說出來的不也是你同樣想告訴他的臺詞嗎？即使你不敢勇敢地跟他說出那些演練過無數次的對白，你依然希望他能及時又自覺地從你的欲言又止中讀懂。

你寧願他只是後知後覺，也不願他對你的這些內心戲從頭到尾都渾然不知。有時候當愛情真的無藥可救的時候，你也只能平心靜氣地坦誠相對，把那些來不及說的話，一直以來都說不出口的話，統統在離開之前託付在對方的手上。只是先說分開的他，越沉默就越被人公認成為罪大惡極的混蛋。

千萬不要責怪自己一路以來都沒有愛得太明白，因為愛確實值得我們為它糊塗一兩次。不知道從什麼時候開始，似乎夜越深的時候，眼淚就越容易掉下來，分開得越久，我越是會在毫無防備之下想起了你。其實當

初分開的時候，我一直想知道你是否曾經後悔過，但這個答案或許只有你的下個最愛才會知曉了。

在這個即將分離的時刻，我還是沒忍住，拉了你的衣角，帶著哭腔問你：

「我們這一切，值得嗎？」

凌晨 3：44 了，
原來我想問你的所有問題，
都應該先問問我自己。

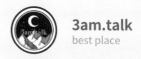

3am.talk
best place

3:50

Tuesday, 1 October

MESSAGE   now

3am.talk
愛了這麼久 你是否依然還是我從前的超人

2,014 likes

#超人 #理由 #被需要 #褪色

7.
愛了這麼久，
你是否依然還是我從前的超人

「有空嗎，我想見你了。」

「怎麼啦？」

「唔，沒事了。」

可能他在忙或者他很累，或者是夜已深還是距離很遙遠，才會連見一面都需要一個正當的理由。可是想見你這回事有時候真的沒有任何理直氣壯的理由，所以你沒有馬上說好的那一個瞬間，成功地說服了我，無論多深愛，大概任何人都沒有義務去安撫我所有的小情緒。

那些最瑣碎、最不起眼的小事，卻能輕易地成為世紀戰爭的導火線。

你以為我們會越愛越堅強，但事實卻是我們愛得越久，反而表現得越隱晦。單身的時候你怕一個人會孤單，談戀愛之後你卻更怕兩個人只能各自孤獨。以前一個禮拜見三次，是欲望；後來一個禮拜想見你一次，是需要。

我們可能相處越久，越容易忘了在適當的時候告訴對方，其實自己很想

被需要。很久沒聽你誇過我，很久沒看到你感動的樣子了。當愛情只是愛情的時候，我們都太容易被最初的一些善意而打動，你細心地替我挑走了我不愛吃的胡蘿蔔、你在入冬的第一天就準備好了一人一雙的厚毛襪、你靜靜地坐在圖書館陪我趕論文……那些青澀與簡單，卻被生活中的相處慢慢侵蝕掉。

當熱情退卻時，你開始受不了我的選擇困難症，我也開始無法再包容你的慵懶與隨性。因為新鮮感一天一天地淡去，優點在完全褪色之後，斑駁的缺點在平淡的愛情裡開始變得格外的刺眼。

當我們沒有更多美好的一面可以展示的時候，那些敏感又自私的真面目就慢慢開始藏不住了。日漸習慣彼此的你我，似乎都覺得愛情應該靠忠貞與責任去維繫，久而久之沒有人記得細節在愛情裡的重要性，甚至早就忘了我們當初大概就是因為那些小小的細節，才會互相吸引。

所以當我這次又被你這樣粗糙地忽略時，很多不應該有的念頭飛快地在腦海裡來回跳動。或許我們其實一點都不合適，或許我沒有自以為地那麼喜歡你，或許你也沒有像你說的那麼了解我。或許，我們這次應該趁早分手。不管我們是否依然年少輕狂，我們骨子裡的任性總能保證有些話說出口之後，一定傷人不輕。

我記得我們第一次吵架，我口不擇言地傷害脾氣好的你，你最終還是生氣了，你萬分悲痛地說你的心在滴血。我們就是如此犯賤，彷彿傷害不了你，就證明不了你心裡是否真的有我。但當我看到你終於倒下，又馬上悔恨起自己的好勝。我們到底是有多不懂得珍惜，才會拿著因為愛而

產生的力量去傷害彼此？

我們都忘了很久很久以前就說好了，在相愛之後，我們就要成為彼此的超人。如果愛可以賦予我們一種超能力的話，我希望我可以擁有瞬間移動的能力，雖然我也曾在愛過幾個人之後，奢望有時光倒流的方法，可是誰又能保證，再來一次你會不會就不愛我了呢？那我倒不如選擇在你需要我的時候，每次都及時出現，而不是犯了錯之後，才哀求你施捨一次重新開始的機會。

凌晨 3：50 了，
想被你需要，想需要你的時候你都在，
這就是我的愛情。

3am.talk
best place

3:59

Tuesday, 1 October

 MESSAGE   now

3am.talk
如果愛你等於失去我自己

♥ **2,014 likes**

#等於 #適應 #美化 #出雙入對

8.
如果愛你
等於失去我自己

我們有著不一樣的生活和習慣，我喜歡吃清淡簡單的菜，而你喜歡重口味的大魚大肉，我在 12 點準時入眠，而你習慣挑燈熬夜，空閒的時候我想安靜地看看書，而你喜歡開著音響和兄弟們玩電腦遊戲。因為太多時候，生活沒有辦法同時滿足兩個人的偏好，所有我跟你之間有一個要先讓步。我學會煮你愛吃的酸辣湯，我會在深夜頂著大大的黑眼圈，徹夜未眠地去研究你的遊戲攻略。

你願意對我開放你的世界，那麼當我決定踏出第一步的時候，我已經做出了這個二擇一的選擇：我放棄自己以往的習慣，去配合你的節奏與方式。但人總有惰性，你以為只要我走進你的世界之後，我就一定可以自己想辦法去適應，並毫無眷戀地背棄在我遇見你之前的生活。

我們沒有見面的時候，各自過著自己一貫的日子，卻不知道從什麼時候開始，每次一起相處的時候，好像只有你才能說得算。我的思維要隨時追得上你急促的腳步，我的大方要體諒得了你所有理直氣壯的主見。你用你的方式愛我，或許才無法真正地理解我。

可能人也就是同樣的自私，你愛我還不夠，你還必須用我喜歡的方式愛我才知道心滿意足。看來被你擁有原來跟互相擁有不一樣，可能此時的

出雙入對也不過只是美化了我們這種附屬的關係罷了。

當心思細膩的人愛上神經大條的人時，一開始的快樂比任何時候都來得更單純，後來的傷害卻也比任何難題都來得複雜。我們從某天開始，一個抱怨對方想太多，另一個嫌棄對方想太少。明明還愛，卻又不知道往後該怎麼繼續愛下去。

因為喜歡你，所以才會想融入你的生活裡。就算明知我們屬於完全不一樣的世界，我也希望自己其實擅長愛你，能慢慢適應你所有的習慣。我開始每天換著不同的花樣想要逗你開心，甚至在大大小小的聚會上，迎合你的家人和朋友。只有自己才會知道，那一晚的我笑得虛偽又疲憊，只有自己才明白，為什麼轉身之後，眼淚就止不住地落下。

當你又一次責怪我愛胡思亂想的時候，我終於忍不住說了一句：「你到底有沒有想過我需要的是什麼？」這一句讓我撕心裂肺的話憋了太久，說出口的時候才發現原來越傷心的對白越要輕輕地說。明明兩個人都沒有錯，為什麼愛卻始終不能相安無事？我多想把這種進退兩難的結果怪罪於你，責怪你沒有站在我的角度，替我著想，有時候我不禁懷疑，你是否真如你說的那樣愛我。

但就算那些聲嘶力竭的嘶吼都只是試探，殊不知在這正要離開的時候，連關門的聲音也是最悄然無聲的。有一個瞬間還是希望你能挽留我，但說真的，就算此刻我能為你留下，那以後呢？誰能告訴我一個人要怎樣做才能一直背負著兩個人的感情而堅持一輩子？我甚至害怕到了最後，哪怕我傾出所有、嘔心瀝血，你也只會冷冷地怪我一句「自作多情」或

者「多此一舉」。什麼時候開始，愛你已經淪落成一件不可告人的孤單心事？

凌晨 3：59 了，
唯有在傷害中，
我們才能知道誰才是最自私的那一個。

第四夜
5am ── 晚安

或許學會承受悲傷、學會溫柔地活著，已經是靠近幸福的一大步。

＃安心＃成長＃溫柔＃我們哭了也不代表我們不快樂

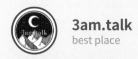**3am.talk**
best place

5:07

Tuesday, 1 October

MESSAGE   now

3am.talk
你走了 我的幸福也不會跟著你離開

♥ **2,014 likes**

＃辜負　＃難離難捨　＃愛護　＃斤斤計較

1.
你走了，
我的幸福也不會跟著你離開

我愛過你，很愛很愛的那種。他們說我天性熱情，永遠都可以做到見一個愛一個。有人說愛得沒心沒肺才不會受傷，有人說寧願做被愛的那位，也絕不要做深愛的那位。可是你甘心嗎？為了在分開的時候能剩下三分的難離難捨，所以在遇見所愛的時候也只愛七分深？你幫愛情打折，往後幸福也會在你最需要它的時候跟你斤斤計較。所以為什麼要害怕分開？為什麼要逃避心碎？為什麼要害怕被辜負呢？

可能我們太崇拜愛情，所以才會下意識地拿愛去當擋箭牌，我們只願意為了愛而變得更好，當稍有差池的時候，也只會習慣性地怪罪愛讓我們萬劫不復。我們對愛的期望很高，想要得到價值不菲的感情與依賴的同時，我們卻從未要求過自己、鞭策過自己。我們在受傷的時候放任自己沒完沒了的無理取鬧，只靠朋友隨傳隨到的支持與短暫的歡愉，試圖去麻木自己。受傷的你沒有接受治療，在大海裡飄浮，不停尋找一個接一個的浮木，等待某天有人會帶著你所需要的一切，來營救奄奄一息的你。我們都以為別人才有拯救自己的能力，卻忘了只有自己擁有愛護自己的義務。

所以後來就算我還是愛得死去活來，我也不至於一直放不下誰了。如果你說我們沒有辦法愛下去了，我也可以慢慢學著接受我跟你的結局只能

是相愛一場，並到此為止了。如果我們避免不了心碎的下場，那我寧願最後也能學會怎麼心碎得漂亮，雖然我也常常忍不住嘆息，愛過之後總是留下太多遺憾和惋惜，可是你我都沒有後悔過就好了。難道你跟我都不再值得幸福，所以我們才要兩個人互相蹉跎下去、一個人固執地懷念下去？非要親手毀掉彼此僅剩的溫柔與餘生幸福的可能，才能善罷甘休？如果這就是所謂的深情，那我們可真的是愛得自私又膚淺。

我們可以像側田那樣懷很舊的舊，也可以像薛之謙一樣做誰背後的紳士，畢竟一段感情結束了之後，總有太多的念念不忘，但原來分開後，越深情其實越算不上什麼溫柔，我們只是奢望用那些餘溫去感動那些不會回頭的人，去給那些不知是幻覺還是過去的畫面再多蹭上幾分熱度。所以如果我們哪天愛過之後又分開了的話，就安靜地退出彼此的世界、背道而馳，然後一點一點地漸行漸遠吧！不要給已經很悲哀的愛情再徒增一些不必要的汙點，不要想著我們會像朋友那樣笑著祝福彼此，不要以為我們必須依靠彼此才能存活下去。

過去、現在、未來，只有兩隻手的我們無法同時抓緊三種時間。既然你曾得到我的過去而又無法參與我的未來，那麼我只能放下曾經，活好今天，未來才會願意向我靠近。我們暗地裡下定決心要學會溫柔地愛著，但我們都錯了，錯得太離譜了。我們都還沒學會怎麼溫柔地獨活，就已經急著要在誰面前理直氣壯地說自己是一個及格的愛人。幸福就像一直戴了很久的手錶，齒輪在分手的那一刻，忘了怎麼轉動。時間不曾為一只不願跳動的鐘錶而停下來，所以我們唯一能做的，就是換一組新的零件，然後重新跟上生活的腳步。

等一個人很容易，你只要風雨不改、寸步不離地守在原地就行了。反正等待說白了，不也就是守株待兔、捨難取易的一種嗎？可能難的是站在原地的你未必等得到他回頭，也始終等不到自己釋懷。你說 move on 很難，但明明世界很大，足夠我們繼續向前走。你說你什麼都不想要，你只想要他，只想跟他擁有那個一起說好的將來。我想了半天，始終想不出什麼能安慰你的話，因為我只想要幸福，因為一個讓你失望的人，不可能只讓你失望一次。

如果我看完這個世界，還是回到了起點，那也是我還沒遇見你、還是相信愛情、還是很想幸福的起點。一個人如果願意自救，已經算是幸福的開始。

凌晨 5：07 了，
我們數到三，
就一起放開彼此的手吧！

3am.talk
best place

5:12

Tuesday, 1 October

MESSAGE   now

3am.talk
「差不多」是一種廉價的百搭

♥ **2,014 likes**

#差不多　#廉價　#百搭　#刻苦

2.
「差不多」是
一種廉價的百搭

在一個平凡無奇的週日上午，在一家不起眼的咖啡廳裡，我一如既往地
坐在離馬路最接近的窗邊位置，耳機裡播著說不出名字的大眾流行曲，
右手揮舞著鋼筆，潦草地假裝明白課本上的每一個複雜的單詞，左手止
不住地在手機上滑著每天都差不多的八卦消息，然後為了跟上這個時
代，一個叫做「刻苦」的潮流，一口接一口地抿著那杯很多人喜歡喝的
美式。我從來沒想過今天會過著這個版本的生活，不好不壞的日子，沒
什麼好抱怨卻又說不上的盡興。我只是拒絕我不喜歡的專業，嘲笑著荒
誕又沒完沒了的娛樂世界，也從不同的人口中學會了咖啡加糖不好喝。
我們都不再是十六七歲的年輕懵懂，做為一個成年人，這幾年裡，我也
慢慢知道自己不想要什麼了。但如果這就是事實的真相，那麼現在的生
活也只不過是一種因果循環，我放棄了某些東西才要接受眼前可行的方
案，說白了，原來這一切甚至說不上是我自己堅定做出的選擇。

我們曾經為了別人而活，甚至想過要活成別人。想要活得像一杯最香醇
的龍舌蘭，以為自己可以一次又一次地取悅每一個接觸過的人，但現實
裡卻不是每個人都能一醉解千愁，有人觸景傷情會止不住流淚，有人會
終於放下好人的面具，露出本性，也有人為了逃避生活而放肆續杯。

最後，我們活得太累，卻依然沒辦法讓所有人都得到最好的結果。也曾

想活成天上抬頭就能被誰仰望的星星，總以為這樣就可以溫暖了某某人最寂靜的晚上，可是也只有真的成為了那顆明亮的星星，俯視著這個世界的時候才知道，原來這裡又黑又孤獨。

明明要求沒有很高的我們似乎總是被一股淡淡的絕望籠罩，什麼都無所謂的同時，又不甘心被命運早早安排，所以我們漸漸學會使用刪去法去摸索生命，今天這個不想、明天那個不要。

撫心自問，其實你也曾暗地裡抱怨過世界給不了你最稱心如意的解答，不是因為你隨和、什麼都無所謂。你得不到最好的，最後你活到現在，依然不知道自己想要活成什麼模樣。

十八歲的你告訴自己：「書讀得差不多就好。」

二十五歲的你告訴自己：「工作找一份差不多的就好。」

三十歲的你告訴自己：「另一半差不多合適就好。」

久而久之，我們太多人都掙脫不了這個「差不多」的舒適圈。得過且過的我們用刪去法避開很多傷心與難過，可是在仔細篩選之下，存活下來的選項卻又不是一些可以讓我們發自內心享受的快樂。

什麼時候我們對自己這麼心軟，為了不想活得「不好」，竟然願意麻木地讓自己沉醉在「還好」的境地裡流連忘返。曾經錯過「最好」的我們，像是得了什麼後遺症一樣，開始害怕追尋「更好」。

人們總愛用「勉強沒幸福」做為藉口，去推託改變，但是他們誰也不敢直視自己眼前的生活，因為他們本來也沒有幸福到哪裡去。我們吃不了苦、狠不下心，卻熬得了夜也瞞得過良心。我們都心虛地希望這一切都不算什麼大問題，雖然我們活得跟別人差不多的潦倒，但我們總能說服自己：「只要跟別人差不多就好。」

因為差不多很百搭，所以差不多一定錯不了。

凌晨 5：12 了，
差不多的生活，
不也就是一種又差又所得不多的生活嗎？

3am.talk
best place

5:18

Tuesday, 1 October

MESSAGE   now

3am.talk
他的愛是還有一半 還是只有一半

♥ **2,014 likes**

#一半 #還愛 #苟且偷生 #不遺餘力

3.
他的愛是還有一半，
還是只有一半

他太早放棄了愛情，你卻也跟隨著他的步伐，太快放棄了自己。

或許一直以來你都想做那位在他孤獨的時候第一個想起的人，你抵抗不了他在孤獨的深宵裡，傳給你的每一則「我想你」的訊息。你不介意他的愛比較朦朧，不介意牽掛只能在烏雲下和漆黑中苟且偷生。我忍不住問你：「你覺得他愛你嗎？」你淡淡地告訴我：「只要他還愛，我什麼都不介意。」這句話說出口的時候，雖然有點心酸、有點難受，但你的嘴角還是不自覺地往上揚成了一道彎月。

我搖搖頭再問了你一遍：「他愛你嗎？」你的眼神像今夜的天空一樣，瞬間被一抹烏雲遮蓋，因為你知道「還愛」與「愛」始終不太一樣。

「愛」這一個字，堅定而俐落。相比之下，「還愛」反而顯得有點多餘、有點矯情了。你始終沒有辦法底氣很足、自信滿滿地告訴別人「他愛你」。一個人在孤獨的時候，想要的不是無私的愛，不是溫暖的陪伴，不是縈繞的守候。

你跟我都曾經孤獨過，都明白孤單就像深山野林裡的吶喊，我們也不過是自私地想得到一些及時的迴響。所以不管你回覆了冷淡的「嗯」還是

把千言萬語化作了一句「我也想你」，對他來說大概也沒什麼區別。

所以我寧願相信我們都值得被誰在人群裡、在溫暖的陽光下仍會傳來一則訊息：「我想你」。在愛過很多次又被愛過很多次之後，你還沒想通嗎？你可以對一個人來說很重要，但你不可能時時刻刻都是他心中最重要的一個。不要誤會這是什麼可悲的覺悟，它只是一個赤裸的事實。既然如此，為什麼情願把自己的身段放得這麼低，去做他人偶爾的備案，也不願意戒掉那些低聲下氣，然後矜貴地被別人愛得氣宇軒昂呢？

不要說沒有人願意這樣愛你。如果他們用十分之一的力氣去愛你，就能讓你心滿意足的話，誰又會多此一舉地費盡心思、小心翼翼，又不遺餘力地為你付出？但你說服不了自己，你始終不相信自己會在這個薄情的世界裡，遇到一位手裡握著溫柔的人，不信還會有人願意因為你的失眠或孤獨，挑足一夜的燈來換你一刻心安。

相信我，像他這樣的人都能被你這樣愛著，你為什麼就不行？難道不壞的人你都不愛，才不願意讓自己成為一個比昨天更值得的人？我知道你也曾經掙扎過，你也想成為更好的人，因為你盼望著自己一旦成為他心中那個理想的模樣時，他會願意為你回頭。越奢望就越心虛的你，始終還是想起那些過去被傷害的畫面，絕望地說：「沒有人會願意永遠地愛著誰。」嘿，不會的。你看，我跟你都是別人口中的「沒有人」。

其實誰不曾絕望過？我們都告訴過遍體鱗傷的自己不能再愛著誰了，可是我們誰不是帶著只剩下一半的心，去尋找另一半的自己？雖然少了他的愛，你會心有不甘，但起碼在分開之後，也能少一些難堪，多一些回

憶的陪伴，就溫暖著你之後的兩三個夜晚吧！或許這次我們該學會一顆心分兩半，一半愛他，一半信他，那麼起碼在他轉身離開時，你可以先把信任及時收回來，然後你的愛會捨不得你要孤獨地承受這一切，信任，終究會一點一點地回到你身邊的。

你只要一直相信，相信有一天，他的名字不會再成為你微笑的原因，你們的回憶不會再觸動你的眼淚。有一天，他會發現自己虧欠了你，而你可以淡淡地看他一眼，然後很酷地說：「我不需要。」從那一天起，沒有人會捨得愛你只愛一半，因為只有不回頭的人，才會有人追著他跑。

凌晨 5：18 了，
他已經拿走了那一半，
別把剩下的還雙手奉上。

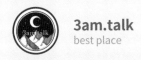

3am.talk
best place

5:26
Tuesday, 1 October

MESSAGE   now

3am.talk
哪怕我們最後真的不適合

♥ **2,014 likes**

#命運 #對的人 #唱反調 #毫無意義

4.
哪怕我們
最後真的不適合

有人說命運最捉弄人的地方是安排我們在錯的時候，愛上了本來對的那位舉世無雙。

一聽到「不適合」這三個字，我們都太快投降又太快絕望，這個年代的人都喜歡在了解之前，早早下判斷，用第一印象定下了對方的罪名，然後一句「不適合」就可以跳過了磨合、相愛，想省去失望、逃避傷害。我們該有多害怕這三個字成為了這一生最礙眼的汙點。

每天都能聽到不同的人在抱怨為什麼真命天子總讓他們等那麼久，至今都還沒有踩著七彩雲朵出現在他們的眼前。但如果哪天，有一個 100 分的情人從天而降，我反而會心存更多的顧慮。這個完美情人的出現大概也只是魔鬼給我的試探，因為每件事情一定有它的代價，天下沒有免費的午餐，愛情裡也沒有不勞而獲的幸福。

如果所謂的「對的人」是一種結果，難怪太多人在分手後擁有的遺憾永遠多於享受，因為他們都覺得這種付出沒結果，再怎麼努力，最終還是白費了一場心機。所以一旦我們把付出當成一種必然的投資，我們就只會在分開的時候計較成敗得失，忘了有時候在過程中，得到的遠比結果來得更價值不菲。

所以我們都不介意對方的不完美，我有我倔強的脾氣，你有你戒不掉的小毛病。旁人說我們之間隔著天差地別的差異，可能是外在的條件，可能是內在的因素，很多人都悄悄地在我們各自的耳邊奉勸一句：「你們真的不適合。」恰恰是因為沒有被看好，恰恰是因為沒有得到太多的祝福，我們的努力比任何時候，都更能得到對方的重視，那些大大小小的細節，也比一般的感動更值得被珍惜。不是為了叛逆而堅持要跟命運唱反調，但是世界那麼大，那些該走的彎路一條都不能少。哪怕只是少繞了一小段的路程，我們隨時都可能錯過更美的風景，或許這就是我們的共識吧，只要不想著擁有，我們自然就不怕錯過。如果我不能在未來陪你，那我把這些愛意統統留給今天的你就好。

可能看到這裡，依然會有很多人覺得我們這是在錯的人身上浪費時間，與其自尋死路還不如早點捨棄，早點出發去尋找那個對的人。如果我們在這個人身上什麼都學不到的話，連分開的時候都沒有因為這段相處，而各自變成更好的人，那麼這確實也只是一種毫無意義的執念。我們在愛的過程中得到的東西，其實用許多個 happy ending 都無法交換來的。

因為我們的天壤之別，我必須學會逆向思考才能經營好這段關係。在這樣的前提下，第一次，我從你的角度看清了我自己。我總以為自己是一個還不錯的情人，現在再細想，可能是真的還不夠，我一直都清楚自己不喜歡什麼、該拒絕什麼，可是我卻說不上來自己想要什麼、需要什麼。

感激那位錯的人，在那些迷茫的日子裡，依然不介意愛著這樣不堪的我。

明知愛情可能會在任何一個明天，毫無預兆地結束，但當這一天終於來到的時候，我們還是藏不住那一聲惋惜的嘆息。但分開就是分開，我們還是要承受一些無可避免的悲傷。可能一開始我們都知道有些難關大概始終都無法被克服，所以你跟我在分開的時候，很有默契地壓下那些想把話都說得一清二楚的執著。

我們沉默了，卻都知道對方有話沒說出口。我們的眼淚反而是那些貨真價實的幸福與快樂最好的憑證。

後來我們的愛情用六個字就能寫成故事，不必問過程原因。

「喜歡過，分開了。」

就這樣。

凌晨 5：26 了，
沒有這些錯的人，
誰又能給我們指向對的方向呢？

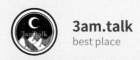

3am.talk
best place

5:34
Tuesday, 1 October

MESSAGE   now

3am.talk
就算複雜地活著 也要簡單地愛著

♥ 2,014 likes

＃複雜 ＃簡單 ＃說謊 ＃等我們學會自愛之後才談相愛

5.
就算複雜地活著，
也要簡單地愛著

可能複雜的人都抱持著「只要過著比不快樂相反的生活就好」的心態，所以他們總是比較難看到未來吧！保留性的悲觀始終潛伏在深不可測的人心裡，凡事先失望再仰望，這樣看上去似乎讓人心裡會好過一點。

在這個詭計多端、適者生存的社會裡，不要說幫忙了，那些人只要不害自己就已經算得上是我的朋友了。思維好像越複雜才能一一破解來自四面八方的惡意，所以我們收起淳樸的天性，然後習慣性地猜度每一個人、每一件事背後的動機。我們得心應手地演繹著別人想看到的虛偽，身邊的人也漸漸習慣了這種賣弄與矯飾，然後也不甘示弱地戴上面具，再交換著對手戲。

後來我喜歡你的簡單，因為在這個殘酷無情的世道裡打滾這麼久，只有你依然選擇用平常心嘗試在每件壞事裡尋找它美好的一面。

當世人的眼睛都在說謊，唯有你的會說話。善良是一種很強大很有感染力的力量，這種堅持跟天真無關。你也不是沒有經歷過大風大浪，明明大家都經歷過混沌，別人在這個過程中慢慢掉色，偏偏只有你願意從中成長。當我們都只是僅僅活著的時候，積極的你選擇參與生活、回饋生命。我們是背負重擔的海龜、是擅長察言觀色的變色龍，唯有你是可以

勇敢面對沙塵風暴的駱駝。

你說：「只要深信，一直深信，那麼事情一定不會虧待你。」我笑著敷衍著你說「好」，但眼神還是不禁閃爍了一下。大概是你幸運吧，命運放過你的時候卻死纏著我不放，生活的殘酷又怎麼會這麼容易地饒過我呢？我跟你始終是兩個宇宙的人，只要你不是我，你永遠不能體會這種欲言又止且錯綜複雜的痛，也不會懂得我曾經因為深信過什麼，最後變成現在這副遍體鱗傷的模樣。畢竟我們拚命成為最難以觸摸的人，最終也不過是怕自己會輕易地被別人一眼看穿。

可是這樣的你，真的讓人很想更靠近一些。說不定我一直在尋找的人就是你，相處起來讓人忍不住放下面具卻又能享受一個人獨處，連傷疤長在你身上的時候都變成了一種魅力。如果能愛著這樣的人，能被這樣的人愛著，生命會從此變得美好一點吧。

那些肺腑之言還沒落下，卻看到你已經搖搖頭，阻止我繼續說下去。你突然的沉默甚至比接下來的真相可怕。你說你不怕看不透我的複雜，你不怕這一切都是一場奸詐的詭計。你只是覺得沒有人應該靠別人的存在，而擺脫自己的迷離撲朔，這樣的愛太短暫，甚至都稱不上是愛。

即使我們活在同一個今天，但我需要的是重新出發，而你早已找到了你想要的明天，好比同一本書我才剛打開的時候，你已經讀完。我只能苦笑著轉身離去，我還不至於卑鄙到要拿著愛的名義去勉強你。你還是不願意相信即使再複雜的人，或許也會願意單純地愛著你。這麼看來，你的簡單可能比我的複雜來得更深奧一些。

但我更怕的是你比我更了解我自己，萬一你真的繞過了我所有的保護色，然後一眼就看穿我；萬一，你說得對，可能我只是很想成為你，而不是真的很想擁有你。很想像你一樣身上發著微弱的光，然後把自己周圍的世界一點點地燃亮起來，你說人生最重要的三件事就只有你曾經有多愛、活得有多溫柔，還有放下的時候有多優雅。

我驚訝地看著你，一個人要熬過多少的逆境才能擁有這樣的覺悟？你彷彿看穿了我的詫異，笑著解釋說這不過是某些偉大哲學家的名言，然後自嘲著自己也沒有比我更灑脫多少。

我突然就懂了，不是所有吸引都跟愛有關。只是剛好在這片長久的漆黑的盡頭，驀然出現了一道光的時候，我們都會不自覺地抬頭凝視它、想要得到它。我想被你愛著，就像一縷陽光能照亮最陰暗的黑一樣。

但我根本不懂得怎麼去愛你，就像再寂寞的黑都不該自私地讓兩個人變成暗淡模糊的灰一樣。原來一個人還沒活明白的時候，根本就不可能懂得愛。

凌晨 5：34 了，
這次，等我們學會自愛之後才談相愛吧！

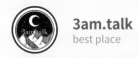

3am.talk
best place

5:42

Tuesday, 1 October

 MESSAGE   now

3am.talk
愛若無法戰勝傷害 那就試著原諒它吧

♥ **2,014 likes**

#傷害 #懦弱 #原諒 #無法擁有你對他們的信任

6.
愛若無法戰勝傷害，
那就試著原諒它吧

我們不知道從什麼時候開始，有些憂傷開始在空氣中散播，然後元氣慢慢一點一點地侵蝕我們的意志，明明已經很努力地想讓所有付出與收穫成正比，明明只想和身邊在乎的人一起過一些相安無事的日子，可是偏偏在我們想鬆一口氣，好好享受眼前的生活時，總會有些不如人意的意外發生。事情沒有想象中順利，要走的人始終一個都留不住。你以為自己已經變得足夠強大，可是當生活與期望無法同時應付時，那一瞬間的軟弱，輕而易舉地擊倒了你心中那位快樂的巨人。

你也不是一個懦弱的人，我們都知道這條路上本來就難關重重，所以我也不怪命運一直在捉弄我，畢竟熬過去之後我們都會變得比昨天更好。可是我們都已經那麼豁達了，為什麼說好會保護我們的人，偏偏拿著最尖銳的利刃看準了自己的弱點，給了我們最致命的一擊？受了傷之後連傷口都沒有勇氣癒合。每當我們越想馴服生活這頭野獸的時候，偏偏反過來被它耍得團團轉，然後被它打垮的你我都找不到重新站起來的理由。

我們以為只要努力活著，也全心全意地愛著，就夠了。如果這是一個擁有 happy ending 的故事，或許學會這些真的足矣了。在 Google 裡搜尋「life」的時候大概會出現 20,010,000,000 個搜尋結果，但如果我們再次輸入「happy ending」的時候卻只有 432,000,000 左右的結果，那麼說人

生裡可能真的只有百分之二的事情能夠得償所願又開花結果。那麼活著又愛過之後，我們到底還差了點什麼？

我覺得，是原諒。

因為生活的「活」只有九畫，「愛」需要十三畫，但原諒的「諒」要足足十五畫。

我們要學會原諒對方，原諒他沒辦法用我們想要的方式愛著我們，原諒他沒有辦法像我們一樣把心毫無保留地奉上。還未放下的那些失望和心碎不是因為仍有愛意吧，只是這些心事還沒被解決，才會一直耿耿於懷吧！這些心結連同那些沒說出口的傷害，統統需要我們的原諒才能真正地成為過去吧？

所以我們還要學會原諒自己，原諒自己不是一個完美的人，原諒我們為了保護自己曾經也暴露過最自私醜陋的一面。

原諒自己是多麼的重要啊！因為如果這個世界上沒有悲傷，那麼愛就沒有生存的空間了。我們都抱著自己的愛死不放手，生怕別人隨時會帶走它一去不返。可是如果愛沒有被分享、沒辦法感染別人的話，又有什麼存在的意義呢？尤其在傷害與原諒接觸的那一刹那體現出來的愛，是最稀有、最美麗的。

所以原諒很難，特別是在對方虧欠你在先的時候。我們認為原諒就代表對方可以逃避彌補你的義務，飽受委屈的你怎麼甘心讓他們就這樣逃過

良心和愧疚的懲罰？可是傷害你的人不會在傷你一次之後就善罷甘休，而你最後想要得到的那些彌補，到頭來只是一種勒索感情的儀式感。所以當傷害一天比一天撕心裂肺的時候，原諒對方反而就是放過自己的唯一辦法，畢竟你承受過的傷害不是他小小的彌補就能復原的。

世界很大，遍地都是數不盡的壞人與惡意，可是誰又說我們只能默默地承受這些負能量呢？傷害可以是摧毀你的魔咒，但只要我們拒絕成為每次不幸中的受害者，傷害也可以是命運給我們最珍貴的祝福。

我們試著去做一個善良的人好不好？不把承受過的悲哀施加在他人身上，因為這樣我們也會變成一個猙獰的壞人，恰恰是因為我們也獨自熬過了那些悲傷與煎熬，所以我們更不願看到自己被世界的爾虞我詐汙染了所剩無幾的美好。

我們不必每次堅強，但我們可以選擇偶爾勇敢。我不敢說這是一種偉大的大愛，那就自私地當作為了自己，試著去原諒這一切吧，畢竟我未知的明天比我不堪的昨天更需要我去努力。

如果我嘴上說著「我愛你」卻無法原諒你，那麼我愛你的愛到底是否真的是我們說的這麼稀有呢？

凌晨 5：42 了，
他們還是悲哀的，就算得到了你的原諒，卻再也無法擁有你對他們的信任。

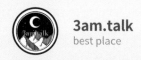**3am.talk**
best place

5:52
Tuesday, 1 October

 MESSAGE   now
3am.talk
他的離開會告訴你 他到底有多愛你

♥ **2,014 likes**
#離開 #自私 #逃避 #真心愛你

7.
他的離開會告訴你，
他到底有多愛你

我們都以為我們會擁有彼此每一個明天，有些喜歡可以慢慢說，有些愛可以慢慢表現出來。

我們從相知到相愛才不過幾個月的時間，明明認真地愛過也打敗了時間的考驗，但最後你的離開，卻依然還是這麼的防不勝防。我在愛情裡唯一的堅持，就是分開的時候大家一定要說得清清楚楚，我一直認為好好道別、找一個地方好好安葬那些感情才是讓彼此解脫的唯一方法。其實我也不知道，在離別時說的那句再見，到底是一個奢侈的願望，還是我們故意給對方在自己的未來留下的伏筆。

我們跟愛情一樣矛盾，分開之後總要沉淪在那循環裡，幾百天都不願放過自己，害怕說再見的同時卻又害怕真的會再見，想重新開始一段新生活，但也想跟你重新開始。為什麼在失去愛情之後，有些人越是想念，越是讓人覺得心虛呢？

所以不要急著以為每個人的離開都有什麼苦衷與解釋，不要忘了我們天生擅長辜負別人。在那些容易讓人淚流滿面的時刻，我們總會下意識地逃避，避開那些責任、寄望和那些無力的解釋。

最難過的分開大概就是不明不白地就突然結束的愛吧？我們好像永遠無法理解為什麼愛過的人可以乾脆俐落地就這樣放開自己。你可以沒有遺憾，沒有一點解釋，可是你怎麼可以表現得毫不眷戀，說走就走呢？然後我又替你找了很多藉口，去解釋你那次冰冷的不辭而別。

後來在我終於不再拒絕成長了之後才終於看懂了這一切。原來沒有把話說的一清二楚的勇氣不叫軟弱，它只是單純的自私。

逃避是一種不成熟的任性，我們下意識地拿藉口掩飾軟弱，習慣用謊言轉移心虛的視線，總以為拖拖拉拉的話，時間就會替你收拾那些爛攤子，而那些被誰淡忘了的責任會變成一個死結，繫在對方的心上，從此也成為一個沉默寡言的人。選擇一走了之的人根本不會懂，那個留在原地的人好像在等你與重新開始之間觀望徘徊，事實上卻早已被你逼得走投無路。

有些事情唯有真的結束了，我們才能得到重新開始的機會。我們再怎麼喜歡凝望那高高的彎月，也阻止不了明天的太陽要破曉。

所以呀，我不想再愛著你了。就算當時我情非得已地被你深深吸引，就算你走的時候我曾撕心裂肺地挽留，但我真的不想再等你了。我把你當做生命中最後一位般深愛，一個人是否值得讓別人去等，不是看他們怎麼愛過，而是看他們選擇用什麼樣的方式離開你。所以你的殘忍和絕塵而去，就是我怎麼掙扎也無法推翻的真相。

既然等你那麼累，而你離開的眼神也那麼決絕，那有關我們的事情就到

此為止吧。你要做永遠的勝利者的話，那為了我以後的幸福著想，我不介意先投降，承認自己真的就是看錯你了。

如果我們沒有勇氣看著彼此的眼睛，最後一次真誠地面對大家，我想其實我們已經沒什麼好說的了。如果你真的覺得虧欠我，在你選擇逃避的那一刻起，已經失去最後那個讓你的良心好過一點的機會了。

我多想抱著你，悄悄地告訴你，叫你勇敢地再面對一次，因為我很清楚，逃避的人是無法真正擁有幸福的。還是你以為我會死纏爛打，所以你才迫不及待地想要逃離現場，怕我逼你彌補、付出沉重的代價？

如果你真的有過這樣的想法，那你大概沒有真正地看清楚我。

這樣的你，也不能說有多愛我。

凌晨 5：52 了，
一個不尊重你的人，怎麼談得上真心愛你？

第五夜
7am ── 出發

世上沒有一本完美的生存指南，
但我們可以把遺憾化作一個個故事，
當作是寫給自己最好的劇本。
#重新出發 #早安 #正能量 #就算傷心也算精彩

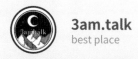

3am.talk
best place

7:10

Tuesday, 1 October

 MESSAGE   now

3am.talk
致每一個陌生人

♥ **2,014 likes**

#陌生人 #身分 #壞人 #兩肋插刀

1.
致每一個
陌生人

這輩子我們會遇見很多人，也會在這個漫長的人生裡擁有很多不同的身分。父母說我們要成為孝順的孩子，老師說我們要成為有出息的學生，朋友說我們應該兩肋插刀，伴侶說我們必須善解人意。我們帶著這些不同的身分，同時履行著多重的義務，然後勞碌半生都只是想更努力地做好自己。因為不想讓那些你在乎的人失望，想給身邊所有愛你的人一個最好的交代。

據說不管陌生還是熟悉，一個人的一生會遇見 2920 萬個人，假設我們可以活 80 年，所以換句話說，我們每天平均會遇見 1000 個人左右。在這個偌大的城市裡，1000 人大概是什麼概念？

我們打個粗略的比方：假如你現在還是跟父母同住，家裡有老人、兄弟姊妹，白天會上課上班，晚上會出去跟朋友消遣，這裡加起來扣除了100 個你熟悉的人，那麼這一天下來，你還會遇到 900 個陌生的靈魂。這些人可能是早上跟你一起擠捷運的上班族，可能是在咖啡店裡來來回回的客人，也可能是在你回家的路上，遇見的那位問路的路人。你永遠不會知道他們是誰，他們也永遠不會記得你的名字。我們都不曾細想，這輩子這麼漫長，90%的時間我們一直都在飾演著和別人擦肩而過的陌生人。

我們一天一天學著怎麼對身邊的人好，可是誰又能告訴我們如何去當一個及格的陌生人？人活著都帶著自己最鮮豔的個人色彩，有很多深遠的顧慮，所以我們不擅長當一個陌生人，在沒有更多深交的前提下，這一輩子，兩個陌生人相處的時間可能只有那短短幾秒鐘的時間——沒有討好他們的機會、沒有認識他們的機會、沒有彌補他們的機會……這些都是事實，但也是我們不願意去善待他們的藉口。「陌生人」是一個很冰冷的名詞，因為我們都不是誰的誰，所以就要匆忙地收起溫度，無關的人不值得擁有我們的善意。

我印象很深刻，那一年我跟朋友在彌敦道手忙腳亂地從那輛綠色小型巴士下車時，下意識地向司機喊了一句「謝謝司機」。在那個繁華的城市裡，空氣突然安靜了 1／4 秒。我忽然有種格格不入的錯覺。身邊的朋友彷彿看到了什麼天大的笑話，滑稽地笑著說：「剛回來還不習慣吧？現在啊，不流行說謝謝了。」

禮貌與尊重在現在的社會上越來越奢侈，很多人說這就是現實的殘酷，當你長大之後總要慢慢接受，並融入這樣冷漠的人群。我們總會感嘆身邊的人總是漸行漸遠，把溫柔與溫度都留給一些自己無能為力的事情上。想像之中，付出之後就一定會有迴響，所以無法保證有回報的事情，我們能省就省，然後不習慣付出的我們，總把善意推敲為居心叵測和心懷不軌。

古時的文人把那些想跟陌生人說的話，都寫成了一首一首的詩，但現在人與人之間保持的不僅是距離，可能更多的是防備與猜測，在信箋上我們沒辦法唐突地寫上地址和抬頭，所以我們乾脆就把那些想說的話自我

消化掉，久而久之，陌生人之間失去了交集的理由，無話可說變成了常態。當我們不再需要表達自己的時候，我們就會慢慢地不再執筆、慢慢地變得惜字如金。在這個斤斤計較的年代裡，人都活得太小心翼翼了，甚至都會很自然地把「陌生人」跟「壞人」歸類在一起。

但人生已經那麼苦了，如果我們依然願意善待一些與自己完全無關的人，不圖感恩也不求回報，反而是給自己一個更美好的安慰。生活就算再怎麼艱難，再怎麼悲哀，起碼我們在精神上還沒被染上灰色的頹廢。最怕「陌生人」這三個字形容的，不是你和外界的關係，而是你和你自己的內心的距離。

早上 7：10 了，
幸福的「福」，是施比受更有福的福。

3am.talk
best place

7:15

Tuesday, 1 October

MESSAGE   now

3am.talk
前任更多的是一種義務 不是一種身分

♥ **2,014 likes**

#義務 #十年 #滿分 #表裡不一

2.
前任更多的是一種義務，
不是一種身分

太多人選擇做一個表裡不一的舊愛，說著不在乎卻又在心裡偷偷盼望著對方回頭。但我們是一個怎樣的前任，本就不該由那個不愛你的人說了算。所以如果我們最後無法成為對方滿分的戀人，那在你我道別之後，我希望自己起碼可以做一個及格的前任。

不管是否放得下，用力深愛過的前任一定都是少見為妙。就算當初大家是和平分開甚至還有做朋友的餘地，我們都沒有資格去成為對方往後的避風港了。我們越是愛過，就越不該因為熟悉，而成為彼此慣性的備案，現實中的我們，反而會時常因為還能成為彼此的壞習慣或者例外，而暗地裡感到慶幸。哪怕陳奕迅真的說中了十年之後，我們依然是可以彼此問候的朋友，我們也應該只是比普通更普通的朋友。因為過多的接觸總會讓其中一方誤以為是愛，以為萬能的時間已經讓我們蛻變成為彼此合適的人，但實際上，當我們容易對一個人動情，更多時候是出於對他們的不了解。

我們去過的地方太少，見過那麼幾幅風景就以為自己已經走遍了整個世界，才會一直憂愁善感地被人走茶涼的悲哀纏繞回憶和自己。所以就算舊地重遊，那些可以向前走的人多半都不怕想起往事，因為如果我已經看過了比昨天更美的風景，往日的遺憾就會失去了需要被彌補的必要。

你說世界很大，因爲他早已找到了新歡。轉個頭你又說世界好小，因爲他依然是你最放不下的舊愛。

世界到底有多大，其實只取決於我們回頭的頻率。我們越執著於夏天的遺憾，就越無法抵抗嚴冬的冷酷。不要讓自己的明天變成更長的昨天，這樣下去，我們誰也逃不出那座名爲思念的迷宮。應該一個人走的路，沒有人能替你走完。所以分開之後那些多出來的時間，沒必要找誰陪你度過，因爲一個人眞正的魅力取決於，他在獨處的時候是一個什麼樣的人。獨處只有在你閒下來的時候才叫孤獨，但只要你在這段時間，全神貫注地忙著任何一種事情：健身、閱讀、攝影、泡咖啡⋯⋯ 恰恰是以後讓你變得比別人有趣出衆的原因。

所以現在就動身出發吧，去哪裡都可以，只要不是留在這裡就好。一個人如果眞的值得你去等的話，此刻的他爲什麼沒有在你身邊？你不能寄望一個人在傷害你之後，又及時替你治療同一個傷口，所以有些美好一旦過期了，就只能試著替自己找一個必須放棄它的理由。連一個錯的人你都可以愛得這麼投入，以後當你終於遇上那位對的人時，一定會更合適吧。讓你撐過十萬種悲傷的力量未必是堅強，但那股力量一定是和你自身承載幸福的能力有關。

我們沒有辦法時刻堅強，總會在下雨天忍不住懷念那些留不住的人。會在不知不覺中，沙啞地哼起了小調，耳邊會再次聽見以前說過的情話，在伸手不可觸的地方，也會浮現一張熟悉的臉龐。一個下雨天足以讓我想起了那一首歌、那一些愛、那一個你。

可是，雨停了。

原來想念比愛更痛。想一想，這未嘗不是一件好事。因為這是一個前任最應該有的樣子：就算我想你，也不代表我還愛你。我們道別時的那句「再見」就和過去無法實現的承諾一樣，千萬別當真。那些我最好的愛，給了你之後，我就不曾想過把它要回來。

當某天我想起你的時候，嘴角終於可以不帶一絲苦澀地往上揚，當那些傷心終於顯得精彩時，我們才稱得上是彼此不枉愛過的前任。

早上 7：15 了，
越是深愛過，越不必盛氣凌人。

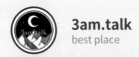**3am.talk**
best place

7:30

Tuesday, 1 October

 MESSAGE   now

3am.talk
沒有應不應該 只有可不可以

♥ **2,014 likes**

#應該 #可以 #後路 #操控

3.
沒有應不應該，
只有可不可以

從平凡通往成功有一條公認的既定路線，為什麼依然有那麼多人不願意
認命、不願在現實面前妥協呢？我們想靠自己的努力與眼光得到肯定，
成為別人眼中的成功人士，同時卻又不甘放棄自己心中的理想。一個有
能力的人通常都會有多個選項可以挑選，他們會得到別人的支持與鼓
勵，可是在我們沒有能力去改變這個成功的定義前，其實我們每一天，
甚至分分秒秒都想放棄。因為現實很骨感：如果堅持到最後一切都沒有
如願以償，是不是及早妥協才是最恰當的選擇？

到底什麼才叫成功？這個定義又是從誰的角度去看才叫成功呢？這就是
人們掙扎的地方。我們都不願意被一句「應該」局限了自己的生命，這
兩個字殺死了太多人內心的希望與夢想。一個教室裡數十位學生翻著同
一本教材，這本教材就是我們現在口中的「應該」，別人用絕對權力來
管教你的時候，「應該」就是用他們的經驗與期望擬定出來的一種模範
人生，在你沒有能力表現出更好的自己以前，你身邊的人只能用「應
該」替你鋪墊一條錯不了的路。

我們習慣轉身之後永遠有輔助、有後路，所以就算我們內心有多想擺脫
這種操控，我們卻不知可以朝哪個方向邁開腳步，後來在社會裡打滾了
一段日子，我才明白，一個人若想獨立，就要有拒絕「應該」的本事與

勇氣。這個想法對有些人來說是覺悟，對另外一些人來說卻是叛逆。太多人以為獨立是一個結果，然後更多人以為拒絕常規靠的只是骨氣，最後我們被困在二擇一的難題裡。這就是「應該」給我們的預設思維，二選一的時候一定要比出個高下，一定是好與壞的對比，一定是一場應該與不應該的辯論，但我們是否曾經想過，很多事情其實不需要有對錯之別，即使是兩種近乎對立的想法都有它們可取之處。

所以「應該」是一種本分，而「可以」是本事。如果你可以自覺六點起床收拾洗漱，沒有人會大清早的在你耳邊嚷嚷說你應該努力向上。如果有愛不下去的人，你可以大方地祝福對方，然後堅決不回頭，沒有人會勸告你這段不值得的感情應該盡早放下。所以成功路上的苛刻不是沒有被看好，而是我們根本沒有拿出什麼能被人看好的東西來。

他們說有實力的人不需要向別人證明自己的本事，這是「應該」，這是別人替你做好的決定。但我覺得，一個有本事的人可以選擇是否展現他的能力，那是他自己的衡量與決定，前提是他不是因為賭氣，也不是在吹噓。

世界上沒有一本完美的人生指南，每一個人都需要從跌跌撞撞中參悟一些道理來。成功的真理在每個人身上都有不同的感受，不要害怕走一條跟別人不一樣的路。要成為別人很難，但你要做好心理準備，因為在這個複雜的世界裡，堅持做最真實的自己不會容易到哪裡去。如果你覺得做別人的影子真的很辛苦，那不如咬緊牙關，試著做一個更閃亮的自己。

問題並不在於我們努力過後，能否成爲一個獨立的個體，而是我們願不願意面對獨立之後的眞相。眞相是世界確實有它殘酷的一面，命運可以對你諸多刁難；眞相是沒有幾個人會關心你的付出和感受，看得見的善意可能是虛僞的，但看不見的惡意卻是貨眞價實的。所以如果世界險惡，而你還願意做最善良的自己，其實你已經很了不起了。

如果可以，我不想要僅僅是平淡地活著，我想熬過這些難關，然後看著鏡子，輕描淡寫地告訴自己也告訴別人：「你看，我活下來了。」

早上 7：30 了，
謝謝你一直爲我護航，
但我也想用自己的能力去保護你啊！

3am.talk
best place

7:36
Tuesday, 1 October

  MESSAGE   now
3am.talk
不要讓你的堅持變成一種意氣用事

♥ **2,014 likes**
#堅持 #固執 #迂迴 #意氣用事

4.
不要讓你的堅持
變成一種意氣用事

我們說不願意放棄，只是為了安撫心裡的欲望，還是因為我們根本不懂得放手？我們找各種藉口去說服別人關於自己要放棄的原因早已成為日常，但我們又可曾察覺自己替內心那些無理的執著冠上了多少理由，企圖去合理化這些不屈不撓？「因為我不想以後回想起來會後悔」「因為不到黃河心不死」。人生這麼長，難道每次義無反顧的堅持都是值得我們奮不顧身的決定嗎？

固不同堅、執不如持，「堅持」和「固執」這兩個如此接近的字詞，卻承載截然不同的意義，也給我們往後的生活帶來兩種極端的影響。固執可以不問原由，是一種燃燒個人情緒而產生出來的動力，僵硬地驅動著我們，非要按照某種方式或者手段去完成某些事情。但堅持更注重的是結果，是勇於嘗試、根據情況去調整自己執行的心態與形式，哪怕這意味著要適當地妥協，心裡也清楚知道這不過是一種繼續迂迴前進的契機。不是每一個懂得堅持的人都會成功，但失敗的人或許多多少少也有一些不懂得靈活變通的壞毛病。

說不定從頭到尾堅持與固執就是一對雙胞胎，總在緊急關頭讓人傻傻分不清。有人說兩者之間只是理性或者感性的區別：能被控制住的野心叫堅持，拒絕思考利弊甚至明知只有死路一條都要繼續下去就叫固執。也

有人說這一切應該拿最終的結果去判定，若某個信念成功了，就可以用褒義的「堅持」，加冕我們的成功，反之，在同一件事情上，最後如果失敗了，就只能被貶義的「固執」唾棄我們錯誤的判斷。

「堅持」被視為現今社會裡一種難得的美德，但盲目地往前衝，在某種程度上來說，是接近死板的執迷，雖然不能保證一分耕耘就會得到一分收穫，但當我們找不回當初堅持的意義和理由，哪怕最後你不擇手段達到目的，所謂的成功也不過是完成一項例行的任務罷了。如果後來的結果無法滿足我們的欲望，就算別人看著我們如何風光，心裡空蕩蕩的我們始終不能理直氣壯地說自己成功了吧？所以一個人成功與否，自己站在浴室裡的鏡子前就會知道。

捫心自問，比起最後無法成為一個出息的典範，平凡的我們更害怕活得跟別人太相似。不是希望自己能比別人更勝一籌，或者是會有多麼的出人頭地，而是怕自己跟世界一樣，太早妥協，對一些事物不懂得變通，想駕馭心裡的野心，卻在不知不覺中，被這頭強大的野獸支配了自己。不想成為不起眼的大多數，也不知道該怎樣成為一個與眾不同的少數派。大概就是這樣吧，就算抬頭看見朝著自己揮手的夢想，我也分不清它究竟是在向我招手還是在告訴我要時刻準備道別？

或者我們試著逆向思考吧。如果堅持的反義詞是「放手」、固執的反義詞是「放棄」，這樣的話，事情的本質是否就更容易被理解了呢？雖然很多時候，放手跟放棄是同一件事，但當我們懂得分辨它們之間細微的區別時，或許我們更容易做出取捨的決定吧！對於我來說，放棄是一種消極地退出、不再為其努力的意思；而放手可能是不再追、自願去選擇

另一種進取的方式。煩躁了許久才發現，我們不只無法爲了目標而堅持，到頭來原來還不懂得怎麼放開已經緊握到蒼白的雙手。

所以在決定堅持之前，我們要先擁有放手的本領。我們聽過太多鼓勵的話，但是有些正面的東西越往心裡聽，自己的負面越顯得無藥可救。可能生活很難，是因爲我們在該堅持的時候選擇了放棄，但也在該放棄的時候，硬著頭皮也要跟命運搏鬥。三心兩意的我們被困在這個死胡同裡面，然後眼睜睜地看著感性跟理智展開了一場沒完沒了的困獸鬥。

不是所有你愛的人都會爲你而留下，不是所有你在乎的人都會對你保持忠誠，不是所有你付出努力的事情都會順風順水又無往不利。我們必須接受有些人短暫地存在只是爲了教會我們一些道理，也一定要記得，在跌跌撞撞中明白事情未必只有成功與失敗兩個出口。所以把堅持留給那些真正值得的人與事吧！如果他背叛你，猶豫一下，之後就讓他走吧！你放棄了一個沒有很在乎你的人，不是因爲你不夠愛，而是爲了要堅持自己一定要擁有幸福這個原則。如果你手頭上的事情最後跟預期的結果不一樣，要記得命運從不會爲你安排一些你解不開的難題。

我無法告訴你什麼時候、什麼事情應該堅持或放棄，但別害怕，相信自己吧！無論最後的結果如何，難關存在的意義不都是希望我們學會自己重新站起來嗎？只要我們能不計較過去，所有的付出已經不算白費。

早上 7：36 了，
連命運這位敵人都願意相信你，
你還有什麼理由放棄自己？

3am.talk
best place

7:46
Tuesday, 1 October

MESSAGE   now

3am.talk
慢慢來 就算留不住 也要用心感受

♥ 2,014 likes

#正能量 #來不及 #遺憾 #慢慢來

5.
慢慢來，
就算留不住，也要用心感受

時代的節奏迅速，我們在跟上它的步伐時，難免要犧牲一些自我認知。
總希望可以魚躍龍門、名留青史之後衣錦還鄉，所以我們大半輩子都在
為生活打拚，投資了很多時間與精力去了解這個花花世界。雖然很累，
但這個貪婪的世界只在乎時間效益，這種潮流教導我們要消耗更短的時
間，同時又要收穫更多的利益。當我們走了很久都還沒走到盡頭、在擁
有快樂之前已經先遇上悲傷的時候，我們才驚覺自己根本不懂得怎麼跟
自己相處和溝通。其實我根本不知道自己是否真的快樂，不知道容易悲
觀是否一件常見的事情。曾經懷疑自己是一個正能量絕緣體，試過一蹶
不振也試過狼狽地怨天尤人。

或許當快樂是一種講求成本的消耗品時，我們才會害怕它會一閃即逝。
最後無法前進卻又沒有退路的我們，總在應該享受快樂的時候沉醉在過
去的悲傷裡、在應該擁抱悲傷的時候奢望快樂可以讓我們從中逃脫。畢
竟生活上有太多不如意的事情了，這些負面的情緒日積月累，疲憊的我
們居然對傷痛產生了一種無奈的一見如故──下意識地想扭頭裝作互不
認識，明明想割捨卻又不由自主地折返。每個人都想擁有快樂，都各有
自己活下去的動力。關於這種負面情緒，世界上大概有兩種處理方式：
有些人對那些可以讓我們遠離悲傷的東西上癮，另一些人恰恰對悲傷本
身上癮。換句話說，有人願意花一天去追尋快樂，自然就會有人享受與

悲傷敍舊的時光。

一部電影的放映標準是一秒二十四幀，假如我們把一部片長爲兩個小時的電影放慢來看，這意味著我們要花更多時間去看一些斷斷續續的影像，整個過程中我們的感受無法得到提升，反而只有下降，所以慢動作並不代表要把事情與時間用正比例延長。

我所說的慢動作，是用一樣的時間把感官放大，讓我們的大腦一秒分析地比二十四幀更多的畫面。這樣就算所有事情都有著預設的限期，我們都不會留下一些關於「來不及」的遺憾。

大部分電影利用二十四幀的手法帶給我們猶如藝術般的朦朧感，但明明只有那些活在幻想裡的人才會戒不掉這種朦朧美。我們更應該學會用慢動作生活，因爲細節越多的話畫面感就越強烈，唯有這樣記憶才能得以悠久存活。所以信要用手寫，別人的心事要側耳傾聽，就算生活裡只剩下一堆無奈也要用心去體會。

人類一直都是一種矛盾的生物——我幸福不代表我可以戒掉悲傷，在擁有悲傷的同時，卻不代表我不幸福。我們也是一種習慣逃避的生物，我們覺得自己忙起來就是推託處理情緒最好的藉口。與其說我們怕打不贏悲傷，不如說有一個聲音總在關鍵時刻奉勸我們不要打沒把握的仗，然後忙碌的你暫時放下了恐懼和不安，心上那道傷疤隨著時間漸漸淡去，卻也慢慢地被養成內傷。其實悲傷很酷，但沒有被世界接納的它只能靜靜地躲在你心裡某一個不起眼的角落。它比你更害怕孤獨，才會想盡辦法不讓你忘記它。因爲它比誰都清楚，我們越快樂就會越善忘，它怕你

錯過了每一個細節與溫度才會時刻提醒你：幸福要慢慢感受，回憶要慢慢品嚐，難過也要慢慢消化。

早上 7：46 了，
把悲傷當作幸福，
其實我們也可以很快樂。

3am.talk
best place

7:52
Tuesday, 1 October

MESSAGE   now

3am.talk
無論跟誰在哪兒 都要努力呀

 2,014 likes

#意外 #努力 #考驗 #自甘墮落

6.
無論跟誰在哪兒，
都要努力呀

一個人最可貴的情操往往是最不需要天賦的，所以就算你的成績不是全班最好的那個、你的業績不是老闆最欣賞的那個，真的沒關係。如果一個人可以做到準時赴約、富有生命力、堅守人品與道德、展示友善的肢體語言、凡事親力親為、熱愛生活、態度友善、做好充足準備、永遠比別人多做一點點、態度謙虛……我想沒有誰會願意辜負這些堅持要過好每一天的人。不是命運偏袒他們，但不計較回報的人大概都不會被虧待。

成就不是一種純屬巧合的意外，它背後一定多多少少都承載了努力、堅毅、學習、練習、犧牲和熱愛。我們可以喊累也可以流淚，但我們不能不努力。無論事無大小，如果你並沒有完成它、做好它的打算，也沒有做好最後可能還是會無疾而終的心理準備，你不如從最初的時候就不要開始它。愛自己、愛別人，都要從一開始投入到最後一秒。在嘗試變好之前首先承認自己的不完美，可能是慵懶、自私、三分鐘熱度、軟弱，如果我們的優點不夠出眾，或許可以換個角度先戒掉一些陳舊的壞毛病，然後試著放開自己去接受不一樣的選項與挑戰。這一切都需要時間，當你反應過來的時候，哪怕你天生條件不好，今天認真而對生命熱情的你已經成為了一種發光體，即使這種光線無法照亮別人，可是它卻溫暖了昨天愁腸寸斷的你。

只要你想做出改變，永遠都不算太晚。世界上總有不同的考驗等著你，而你永遠有爬起來重新開始的選擇。鄧不利多教授做為魔法學校的校長曾經說過：「霍格華茲有人發出求救訊號時，必定會有人伸出援手。」多年後，年邁的鄧不利多教授再一次意味深長地跟已經長大的哈利說：「霍格華茲有人發出求救訊號時，援手必定會伸向那些值得被幫助的人。」當年《哈利波特：死神聖物 II》上映的時候我才十五歲，這一句話自此改變了我的一生。

在你有需要的時候別人當然可以拉你一把，但大部分的義務和責任始終在我們自己的肩膀上。很多人在付出的過程中燃盡了自己，然後看著自己的光芒慢慢變得昏暗，最後那些失望太讓人疲憊，我們負氣地選擇了自甘墮落。差強人意的現實始終還是打垮了我們，我們才會失去了繼續努力的動力。你的心很累甚至不禁懷疑，感動了自己的付出為什麼卻無法得到多少的收穫？

「付出」大概只是很多種「努力」之一，然後不同種類的努力都有不一樣的難度。我想差別在於一個「想進步」的心態，我們付出的時候到底是期望著什麼回報？我們想從別人身上得到認可，還是希望自己的認知和能力都比昨天有所成長？努力大概是為熱愛不停地積極思考與進步。付出是當你的回報只是建立在別人的成果或者成長之上，那麼投資自然就會有失敗的風險。努力的難度不一樣，如果我們用成敗得失去衡量付出，自然有些人看著更一帆風順，也有一些人似乎一輩子都活得很累。但努力過的你會知道，成功也好失敗也罷，我們都從中得到了最珍貴的經驗。

早上 7：52 了，
肯努力的人不會一無所有。

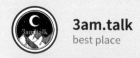

3am.talk
best place

7:59

Tuesday, 1 October

MESSAGE   now

3am.talk
每一次分開 都要記得說再見

♥ **2,014 likes**

#再見　#追悔　#凌亂　#遠走高飛

7.
每一次分開，
都要記得說再見

但願人沒變，願似星長久。
每夜如星閃照，每夜常在。

短短幾十年的人生，我們但願人長久，卻還是歷盡了各式各樣的結束與
離別。

畢業的時候我們結束了學生的年代，分手的時候我們闔上了那本沒讀完
的童話故事，棺木被蓋上的時候我們才覺得追悔莫及。很多時候「結
束」是一個減號，當我們必須分道揚鑣，你離我而去的同時，也非要把
一部分的我順手帶走。這些人來來回回偷走了一些信任，顛覆了一些憧
憬、抹滅了一些純真。束手無策的我們只能無奈妥協，眼睜睜看著自己
一天比一天不完整。

我想大部分的事情，尤其是那些美好的、早已成為習慣的事物，我們都
不希望它會有結束的一天。因為這意味著自己要在凌亂裡，重新尋找並
適應一個全新的平衡點，要在氾濫的情緒裡抓緊理智，要在荒涼的沙漠
中找到一片可以歇息的綠洲。

哪怕陳舊的傷疤早已隨著時間慢慢癒合，我們怕自己每次舊地重遊都會

忍不住慨嘆那種物是人非的唏噓。路旁那一棵大樹，春天時它是隨風飄搖的舞者，夏天時它是麻雀遮蔭的屋簷，秋天時它是心事滿滿的作家。直到冬天，這棵大樹終於變成了一個白髮蒼蒼的老人，屹立在風雪中跟每個路過的人訴說著我們已成定局的故事。其實很多傷口都不曾癒合，就算它像一顆洋蔥一樣被剝開，別人能看見的也不過是一層層透明的保護色。悲憤的你發誓你要變強大，你說你不甘心天意可以這樣肆意弄人。你為了保護自己，替自己戴上了一張叫「逞強」的面具，披上一層名為「壞人」的保護色。假裝自己刀槍不入的同時，又忍不住要質問為什麼沒有人會想起問候那些表面上看著不曾受過傷的人。

所以不要虛張聲勢，因為你越逃避「結束」，你越會發現自己從沒有離開過原點。環顧四周，請堅信今夜還是有人願意擁抱不太勇敢的你，偌大的世界裡，依然有一些值得期待的事情在明天等著你。太陽升起的時候不代表黑夜結束了，它依然在你看不到的地方充當銀河的背景。離開與結束也是一個道理，有些東西不是你看不到，就代表它會自此消失的。

結束為什麼沒有想像中可怕？因為那些空白總會有人替自己填上。不是每一次結束我都被誰偷走了一部分的自己，其實你走的時候不只帶走了什麼，同時也替我留下了幾分之一的你，甚至我會願意相信，如果有一天你真的迫不得已要遠走高飛了，心中某個我會默默收拾好，隨時陪你出發去遠方。

就算每一個故事都逃不過結束的下場，如果原班人馬都決定辭演，這個劇本沒有拍續集的打算，它也可以是下一個故事的前傳。因為連接著兩

個截然不同的故事未必需要共通點，一個序、一個契機、一個轉捩點就已經足夠了。我們不能假裝什麼都沒發生過，那就帶著所有感慨、教訓和遺憾開始一個新的章節吧！

所以我在最後跟自己說了一聲「再見」，那一刻，我會陪你繼續把劇本寫下去。你走遠了也好，那麼再見的時候我們就有很多故事可以訴說了。

We've come a long way from where we began.
And I will tell you all about it when I see you again.

早上 7：59 了，
每一個結束都在提醒我們記得要珍惜。

3am.talk
best place

5:20
Saturday, 2 November

MESSAGE   now

3am.talk
臨別在即 謝謝你堅持說我們從沒愛錯

♥ **2,014 likes**
#臨別 #體面 #福氣 #成長

8.
臨別在即，
謝謝你堅持說我們從沒愛錯

這次我們終於做好要分開的心理準備了吧！

典型的分手情節，大概離不開一些遺憾、不甘、悲傷和怨恨。分手被視為愛情最大的汙點，沒有開花結果的愛情，在世人的眼中都變成了負債與累贅。我們都很討厭前任這個被動的身分，滿肚子的委屈找不到上訴的藉口，再真誠的情深都被視為多餘，對方不僅往後沒辦法再出現在你的未來，他甚至不願在你的回憶裡多待一秒。

最後我們不求對方能對自己好一點，只求他可以放自己一條生路。我以為，我們也會淪落到這樣。

在斷聯的第三個月，你還是主動邀請我去收拾舊物，然後下一秒我身處在熟悉的環境、眼前有熟悉的人與物，卻不知道該從何適應你我此刻陌生的身分。明明每說一句話都要提心吊膽，軟弱但又好勝的我偏偏硬要擺出一副輕描淡寫的模樣。你也試探性地問我最近有沒有新對象，畢竟如果舊愛太快找到新歡的話，確實讓人滿心寒的。

我們聊著一些無關痛癢的近況，然後話說到一半的時候你忽然笑了。我意識到你看穿了我的不自在，到頭來你甚至比我還更了解我自己。

你說我們畢竟相愛一場，哪怕我堅持要出乎情，止乎禮，也用不著這麼拘謹和緊張，我們之間最不需要的就是用分手這個結局，來衡量或定性我們過去相處、相愛的過程，雖然分手始終讓人相當心碎，但我們確實用對的方式愛過對的人。所以我不用因為分開而去質疑彼此的付出，我認為珍貴的回憶你一定也一樣覺得難能可貴，就算要我們從此只能各生安好，發生過的一切，都值得彼此用同樣的力度回味。你不僅會是我愛過的前任，往後我們都會記得自己也曾被對方同樣珍惜過。

你說從相愛到分開，你對我只有愛而沒有怨恨。分手只不過是我們的一條分岔路，不代表要把過去一起走過的足跡抹去。

這麼多年以來，經驗告訴我，分手就只有落得做朋友或者陌生人的下場，我依舊害怕無論哪種身分，都始終讓人心有不甘。直到現在才終於明白，我再怎麼試圖去做一個及格的前任，到頭來你一直都比我高分、比我體面。你用行動和態度教會我，分開時最好的覺悟就是「你愛過我，而且從來不遺餘力」。原來一個人有多愛你，取決於他在分開後願意為你成為一個怎樣的前任。

明明已經再無任何義務去照顧我的感受，你連在分開的那一秒都願意愛得比我溫柔大方而勇敢。我不知道你是不是最優秀的情人，但天知道像你這樣的前任，大概比真愛還罕有。

去除了相愛的功能之後，分手真正的體面是大家都可以坦誠地承認真心愛過，而不是為了任何原因或情緒而要壓抑著自己，酷酷地假裝從來沒在乎過。

如果分手會難受，大概都是在相愛期間就一點一點地累積起來了。但你我在最後的最後都沒有釋懷的必要，因為從開始到結束，我們都沒有跟對方計較過什麼。我們交換過的愛，不會隨著對方的離開而消散，然後慢慢可悲地失去它存在的意義。那些你給過我的愛永遠都可以歸我所有，儘管它不會再繼續生長，但我們都知道它確實曾經為我一人綻放與盛開。

我們沒有遺憾、沒有苦衷、沒有欲言又止、沒有假希望、沒有祝福、沒有道別。因為我們從今會將彼此安放在回憶裡頭，那些沒有當面說出口的話，在腦海裡的對方其實全都知道。

謝謝你曾經帶給我溫暖，哪怕以後你只能用旁觀者的身分看著我成長，原來唯有我們都成為彼此心中一位及格的前任，哪怕愛情沒辦法開花結果，也算滿分。

哪怕我們沒有活在同一個時空，
能被你這樣愛過，是我的福氣。

Eurasian Publishing Group
圓神出版事業機構
用心閱你對話‧視野無限寬廣

圓神出版社
Eurasian Press

www.booklife.com.tw   reader@mail.eurasian.com.tw

圓神文叢 266

你想在凌晨三點聽見誰的晚安

作　　者／3am.talk
發 行 人／簡志忠
出 版 者／圓神出版社有限公司
地　　址／台北市南京東路四段50號6樓之1
電　　話／（02）2579-6600‧2579-8800‧2570-3939
傳　　真／（02）2579-0338‧2577-3220‧2570-3636
總 編 輯／陳秋月
主　　編／吳靜怡
專案企畫／沈蕙婷
責任編輯／歐玟秀
校　　對／歐玟秀‧林振宏
美術編輯／金益健
行銷企畫／詹怡慧‧林雅雯
印務統籌／劉鳳剛‧高榮祥
監　　印／高榮祥
排　　版／莊寶鈴
經 銷 商／叩應股份有限公司
郵撥帳號／18707239
法律顧問／圓神出版事業機構法律顧問　蕭雄淋律師
印　　刷／國碩印前科技股份有限公司
2020年1月　初版
2023年11月　12刷

定價 350 元　　　　　ISBN 978-986-133-707-4

◆ **很喜歡這本書，很想要分享**

圓神書活網線上提供團購優惠，
或洽讀者服務部 02-2579-6600。

◆ **美好生活的提案家，期待為您服務**

圓神書活網 www.Booklife.com.tw
非會員歡迎體驗優惠，會員獨享累計福利！

國家圖書館出版品預行編目資料

你想在凌晨三點聽見誰的晚安 / 3am.talk著. -- 初版. -- 臺北市 : 圓神, 2020.01
　　192面；14.8×20.8公分 -- (圓神文叢 ; 266)

　　ISBN 978-986-133-707-4 (平裝)

855   108019391

MESSAGE

能溫柔地活著是人間最幸福的事。不是因為會被誰無條件的愛著,而是因為就算我們失去了什麼在乎的人與事時,命運都特別眷顧溫柔的人,不至於讓他們承受太多的不幸、太久的痛苦。

——《你想在凌晨三點聽見誰的晚安》